久保 栄

日本の気象

劇団民藝上演舞台面

影書房

日本の気象

五幕

1

時――敗戦の夏。或る日の午後から、あくる日の未明へかけて。

所――東京の西南部を走る郊外電車の沿線に、梅の名所として知られた景勝地。
裏山つづきに梅林のある丘のうえには、正面にギリシャ風の破風と柱列と幅のひろい階段をもつ石造建築が、白い肌に迷彩をほどこされ、常磐木や雑木にかこまれて立っている。満天星《どうだんつつじ》などの下草ものに縁どられた弧形の道が、芝生のなかを左右から階段へみちびく。
ＹＷＣＡに本部を置く海軍気象部の分室――一部疎開先である。

人――ここで終戦を迎えた気象部第二課・特務班、調査研究班の人たちのほかに、疎開の際、現業関係を残して来た都内の気象台本台から訪ねて来る人。すなわち――

宝生中佐　特務班長。
津久井技師　調査研究班員。
中尾敬吾　同。技手。

田代義孝　　技手。気象台本台勤務。
宅間良夫　　男子技工士。
堀川真佐子　　女子技工士。
予備学生1・2……
男子技工士1・2・3……
女子技工士a・b・c……
電話交換手

建物が、西日をさえぎって、階段のうえから、片側の蘇鉄や龍舌蘭の植込みのあたりに、涼しい蔭が出来、そこに男女技工士の群れが、臥そべったり、足を投げ出したりしている。
遠くにサイレンが聞え、すぐに近くでも鳴り出す。

男子技工士1　（警報のアナウンスを真似て）関東地区……
女子技工士a　厭あーん。
技工士1　……甲信地区、東海地区、警戒警……
技工士a　厭だったらあ。

笑い。

技工士b　なぜ、いつまでも鳴らすんだろうなあ。もう電燈明るくしてもいいってのに。ねえ。
技工士a　気になっちゃったわ。訊いて来ようっと。（笑われながら、立って行きかける。）

柱列の奥に、「海軍気象部分室」と書いた木札の見える入口から、電話の交換手が出て来る。

技工士a　なあに、今の？
交換手　偵察機よ。——中尾さん、こっち？
技工士a　さあ。——（指を立てて）一機？
交換手　一機よ。そりゃ。相模湾から侵入ですって。——（階段のきわまで来て）中尾技手、中尾技手。
技工士2　今のさっきまでいたんだがなあ。——何処からだ。来たら、言っとこう。
交換手　堀川さんよ。
技工士1　帝大病院からか。
交換手　でしょう、きっと。（引きかえしてゆく。）
技工士3　堀川君の家族でも悪いのか？
技工士1　どうだかな。へへん、もう日本は負けましたから、海軍気象部には、仕事も何もありゃせんですだ。一々電話で断わらんでも、さあさ、何日でもお休みなさいだ。あいつ、中尾技手にイカれてるんだよ。

笑い。

技工士c　デマ言うんじゃないわよ。

笑い。

技工士3　（建物のほうを見て）長げえな、何、会議してんだろう。
技工士2　分配の件かな。衣料品、文房具、ええとな、酒、缶詰類。
技工士3　そんなうめえ話なもんか。
技工士1　早まるなよ。大物を抜かしとるぞ。
技工士2　うむ？　もっと倉庫に、何かあるかな。横穴の工事跡には、ある訳がねえしと。
技工士1　畑のもんを、どうしてくれるよ。
技工士2　あ、そうか。あれこそ、汗の結晶だよなあ、おれたちの。
技工士a　ねえ、きのうも一機来たでしょ。あたし、お当番で寮にいたけど、こっちじゃ、あの時、へんな音がしなかった？　遠くのほうで。
技工士b　へんな音って？
技工士a　ズボーンて、一つ。
技工士b　まさか。
技工士c　ねえ。
技工士a　あたしのそら耳かしら。寮母さんも聞かなかったって言うんだけどね。

技工士3　そうそう、こっちでもしたぞ。

技工士a　ほうら、ね。

予備学生のひとり、入口から顔を出す。

予備学生1　おい、みんな来てくれ。全員だ。

技工士1　はあ。

技工士たち、立って、がやがやと階段を登ってゆく。

技手・中尾敬吾が、技工士・宅間良夫を連れて、建物の裏手から出て来る。

技工士2　（ふり返って）中尾技手、電話でしたよ、たった今。

技工士1　交換台へ駈けて行きゃ、まだ間に合いますよ。そうでもねえか。

中尾　バカ。

予備学生1　（近づいて）宅間、どこへ行っとった？　会議が済むまで、ここで待機しとれと言ったじゃないか。

中尾　この男、少々挙動がおかしいんでね。

宅間　いやだなあ。あすこで、ただ深呼吸しとっただけだのに。

中尾　あれが、深呼吸か。

予備学生1　どこでよ?
宅間　（答えない。）
中尾　――崖のとっ先でね。
予備学生1　梅林のほうですか。
中尾　いいや、座禅堂のすぐ裏の。
予備学生1　（立ちどまって見ていた技工士たちに）おい、ちょっと、こいつの身体検査してみろ。
技工士1　はあ。
宅間　（されるままになっている。）

さきにはいって行った技工士たちが、ほかの予備学生に指図されて、腕いっぱいに本や書類を抱えて出て来る。

予備学生2　そう、向うの広っぱへ持って出る。（さきに立って、階段を下りてゆく。）
中尾　（眼をつけて）焼くんですか、何か?
予備学生1　はあ。いま会議で極まったです。
中尾　ちょっと。（階段を下りて来る技工士のひとりの腕から、書類を一とつかみ取ってみる。）

技工士たち、階段の下の小道からそれて、舞台の一方の蔭にある広い芝生のほうへ、書類を運んでゆく。

中尾　……（顔いろを変え、階段を一足とびに、入口へ姿を消す。）
予備学生1　（後ろから）中尾技手。――ちぇっ。
技工士1　（宅間から手を離して）何にも持っておりません。
予備学生1　そうか、よし。（舞台の蔭へ）おうい、分量が多いから、三ヶ所ぐらいでやらかすかな。
予備学生2　（蔭から）よかろう。
予備学生1　たっぷり一昼夜は、かかるな。――（宅間に）来い。

宅間その他、予備学生1に随いてはいる。
空ら手の技工士たち、引き返してゆく。
入れちがいに、特務班長・宝生中佐が、中尾と言い争いながら、柱列の奥から出て来る。つづいて、津久井技師。

宝生　……その間《かん》に矛盾はないな。本部からの指令でもあれば、われわれの自発的な処置とも言えるさ。こうなった以上、不必要なものはすべて焼き捨ててだね、冷静に連合軍の進駐を待つべきだと思うがね。
中尾　不必要って言われますがね、宝生中佐、じゃ何のためにわざわざここへ疎開して、厳重に保管して来たんですか。そりゃ、暗号解読に使った乱数表やなんか、特務班関係のあいうもんは、別としてですね。ここの地下室にあるのは、大事な研究資料ばかりでしょうが、気象プロパアのね。

宝生　ふん、気象プロパアのか。君は、特務班にばかり責任を押しつけたいらしいがね、今になってそう出るのは、どうだね、津久井技師、一種の便乗主義じゃなかろうかな。

津久井　いや、まあ、そうとも言えんでしょうが……

書類を運び出しかけて、ためらっている技工士たちに——

予備学生1　（ついて出て）何を見とる？　運べ。

搬出が、つづく。

中尾　たとえば、津久井技師のやっておられる北方海域の霧の調査ですがね。（津久井に）あれは、あなたの半生のテーマと言ってもいいくらいでしょう。わたしも少しはお手伝いしたんで知っているが、ああいう工合に、水路部時代の航海日誌やなんかからまで綿密にデータを拾ってゆくやり方はですね、ここの資料を焼いちまっちゃ、今後、続けられようがないじゃないですか、え、津久井技師？

津久井　そう僕を責めてくれても、困るな。ほとんど君の言ったとおりのことをね、僕も会議で極力主張はしてみたんだが……

中尾　結局、譲歩したで済むこっちゃないですよ、これは。反対だなあ、わたしは。一億総懺悔じゃあるまいし、敗戦と同時に、われわれの仕事がゼロに還元されちまうなんて……

予備学生1、後ろから近づく。

予備学生1　中尾技手、ちょっと。（そばへ寄る。）
中尾　何んだ。――（避けて）暴力なら、よせよ。
予備学生1　いや、その手に持っておられるものを。
中尾　ああ、これか。（無意識につかんだままでいた書類を渡す。）

予備学生1、通りかかった技工士の腕へ、それを載せて持っていかせる。

宝生　そうそう、君らの仲間の、一人ふたり顔を見せんのな。
予備学生1　（ふり向いて）はあ。
宝生　日吉の連合艦隊司令部へでも合流したんじゃないかな。
予備学生1　さあ、知りませんが。
宝生　今方、情報がはいったが、あすこへも立て籠るそうだぞ、血迷ったのが。
予備学生1　そうですか。（そばへ来て、搬出の指図をしている仲間に）知らんか、君？
予備学生2　知らんな。
中尾　……どうでしょう、津久井技師、一日だけ猶予を与えてくれませんか。
津久井　というと？

中尾　気象台の意向を確めて見たいんですがね。
津久井　ふむ、八十島台長のね。
中尾　いけませんか。
宝生　そりゃ、どうとも君の勝手だがね、しかし八十島台長は、なるほど大本営参与ではあられるかも知れんが、海軍気象部そのものに対しては、何ら発言権はないな。この際、君、命令系統をみだすような……
中尾　いや、そうじゃないんです。気象台で、おととい幹部会議をひらいたってことは、宝生中佐も御存じでしょう。何んでもですね、内地外地に散らばっている気象従業員を、陸海軍からの転属希望者まで含めて、本台じゃ――鵜呑みって言いましたかね、津久井技師？
津久井　そう、そう。
中尾　とにかく全部、無条件でうけ入れるという決定だそうですがね。だとすると、資料の保存についても、何か台長らしい構想がおありじゃなかろうかと思うんでね、それを確めに行って、出来ればすぐに、ＹＷ《ワイダブ》の本部のほうへ、意見を具申して頂くんですが……
宝生　そんな、君――アメリカの先遣隊が、いつ厚木へ着くと思っておるんだね、君は。いいかね、われわれとしてもだ、いろいろ状況判断の結果、それこそ耐えがたきを忍んで、こういう非常処置を、即刻執ることにしたんだと思うがいい。
中尾　そうかなあ。わたしは、気象と戦争を、一つに考えたくないがなあ。
宝生　気象と戦争が、一つじゃない？　ふむ、では、中尾技手に伺うがね……
中尾　はあ。

宝生　たとえば、キスカ島の撤退だが、あれは何によって成功したんですか？　え、キスカ島の撤退は？

中尾　……

宝生　あすこへ、五日後に濃霧が来ることを予報してだね、霧を利用して、あの困難な撤収作戦を完遂せしめたものは、何かと伺っておるんです。アメリカ軍が、そうとは知らずに、あと何日も、艦砲射撃や爆撃を加えておると聞いて、わたしなぞは、ほっと胸を撫でおろしたものだ。君のいう津久井技師の半生の調査が、あの作戦と無関係だったとでも言いたいのかね。

電話の交換手が、入口から出て来る。

交換手　中尾技手、電話よ。

中尾　そうか。

交換手　あのう、さっきも……

中尾　いい。切っちゃってくれないか、例のやつなら。

宝生　ふむ、だいぶ頻々と、何処かから……（津久井のそばへ寄って）まさか、君……

津久井　いや、そうじゃないですが、ちょっと私事に亙るので……君、出たらいいだろう。

宝生　（交換手に）どこからだ。

交換手　はあ、堀川技工士です。

津久井　ええ、堀川はですね、友達が帝大に入院したというので、看護にやってあるんですが……

（小声に話しつづける。）

交換手　（中尾に）あの、いま渋谷まで来てるんだそうよ。寮へ、何んか取りに帰りたいからって。

中尾　切ってくれよ。僕が、見つからないとでも言やあいい。

交換手　そうお。じゃ……（去る。）

宝生　（聞き終って）ほう、広島で遭難されたのか、その婦人が？——（中尾に）それなら、君……

中尾　いいんです。

宝生　そういうことには、遠慮は要らんよ。

中尾　いや、よろしいです。それより、宝生中佐、どうでしょう、このなかから、わたしに自分関係の資料だけ選り抜かしてはもらえませんか。万一の場合は、わたし個人で、最後まで単独に責任を執りますから。

宝生　さあね、単独にと言って、君にどういう責任が執れるのかな。いったい君は、何んですか。失敬だが、たかが軍属じゃないか、準士官待遇じゃないか、え？　君ひとりのね、そういう独善的な行為によってだな、この分室はもとより、気象部全体、軍全体がこうむる迷惑を、考えては見んのですか。畏れ多いが、ひいては累を大元帥陛下にも及ぼし奉らんものではない。それをしも敢えて辞さんと言うのなら、わたしにも覚悟があるがね。

中尾　しかし、しかし僕は、アメリカ軍が焼き捨てることを望む筈は、絶対にないと思うがなあ。

宝生　そんなことが、どうして分るね？　君が、アメリカのスパイででもない限りは……

中尾　スパイとは、何んですか、え、スパイとは。

津久井　君、君……

中尾　僕あ、まじめに話してもいるし、お願いもしているんだ。取り消してください。
津久井　もういい、中尾技手……
宝生　誰も、君がそうだとは言っとりゃせん。スパイででもない限りは、連合軍の真意は分るまいと言ったのだ。
中尾　おんなじじゃないですか。
宝生　違うさ。
予備学生1　中尾技手、やめたまえ。
予備学生2　議論してる場合じゃないぞ。
津久井　（抑えて）君らも、口を出さんでくれ。——（中尾に）大体分ったろうが、君に出来るものなら、とうに僕が会議で覆えしておる筈なんだ。不満だろうが、どうか任せてくれないか。
中尾　（無言。——うなずく。）

津久井技師、宝生中佐と何か囁き合ってから、階段のうえに立つ。
そこここの木立から、蝉のこえ。

津久井　みんな、そのままの姿勢でいいから、聴いておるように。だいぶ紛糾したが、ええ、正直に言うとですね、もしＹＷＣＡの本部から指令が出たのでなかったら、或は僕も、別な考え方をしたかも知れません。誤解を避けるために、僕個人に関する資料には触れずに置きますが、たとえば中尾技手は、クェゼリン環礁のルオット島に勤務中、われわれが七百マイル説と呼んでおる研究を完成された。ええ、概略だけ言うと、南方洋上には、こう三角形に、ほぼ七百マイルずつを距てた地点に、細胞状の気流の渦が出来るという説であって、これは現地の予報の確率を非常に高めたばかりでなく、また日本へ来る台風の発生過程についても示唆に富む研究なのですが、それを帰任後、ここの書庫へ収めたまま、まだ正式には何処にも発表しておられない。殊に同情していいのは、現在の見通しでは、中尾技手が再び南方へおもむいて、この研究を復元することが不可能であるという点です。同様に、北方の霧なぞでも、もうベーリング海峡からオホーツク——いや、まあ一つの例が、この通りなのであって、水路部時代から部員が多大の苦心を払って来た調査研究の集積を、いまわれわれは一挙に失わなければならん立場に追い込まれたのですが、仮りにもし、仮りにですよ、これを保存することが許されるものとしたならば、来るべき平和時に於いて、どれほど学界にプラスし、民生方面に役立つだろうかと、こう考えるとです、一個の気象学者として、僕は言うべき言葉を知らない。まことに愛惜の情に耐えんのです。いま焼却するに当って、代々の当事者、そのなかには、おこがましいが、僕も含めてほしいのだけれども、当事者たちの苦心と努力をしのぶために、宝生中佐の指揮で、黙禱を捧げたいと思います。以上。（階段を下りる。）

宝生　（入れ代って）ええ、わたしからも、一と言。老人が古いことを言い出すと思われるかも知れんが、日露戦争の当時は、わたしと言えども、まだ鼻たれ小僧だった。が、その少年の脳裡に深く刻まれて、今なお思い出すたびに、職分柄か、つねに感動を禁じ得ない一つの言葉がある。本日天気晴朗ナレドモ浪高シ。御承知でもあろうが、日本海海戦に先だって、東郷司令長官が、旗艦三笠から大本営宛てに、艦隊の出動を報ぜられた電文の一節であります。本日天気晴朗ナレドモ浪高シ。やや長じて、わたしは、この文案が、気象台の前台長立松博士の予報にもとづくことを知ったのであるが、あの、バルチック艦隊を撃滅した大戦果をかえり見て現在を思う時、おなじく気象技術をもって作戦に協力する者のひとりとして、はなはだ羨望に耐えんわけでもあり、また敗戦の責任を一そう痛感する次第でもあります。ええ、すでにこの春、中小都市の爆撃が始まる頃から、アメリカ軍は、もう暗号通報などはやめてしまって、平文《ひらぶん》を使用しておったくらいであるからして、ここに勤務する諸君には、比較的早く、今日の来ることが分っておったに相違ない。にも拘らず、諸君は奮励努力して、終始変るところがなかった。れいの突貫工事と称して、この丘に横穴を掘り地下室へ連絡した上で、無電の発信受信から天気図作業の設備に至るまで、気象台の現業全部をここへ移そうとする計画の如きを、最後まで抛棄せられなかったのは、本土決戦に対する諸君の断乎たる決意を立証して余りあるものと信じます。いま問題の資料を焼くとともに、遺憾ながらわが気象部分室も、解体の一歩を踏み出すのではあるが、しかし諸君の示された敢闘精神に対しては、事の成否に関せず、わたしは絶大の敬意を表したい。と同時に、どうかその精神を忘れずに、今後の難局に対処せられるよう、願ってやまないものであります。（傍らの予備学生に）では、誰かに火をつけさせる。

予備学生1　はあ。（ポケットからマッチを出して）じゃ、君。

技工士1　はあ。（ふと中尾と眼を見合せて、瞬間、たじろぐ。）

宅間　（手を出して）わしが、点《つ》けます。（マッチを受けとり、芝生のほうへ歩きながら、すてばちに口ずさむ。）

きさまとおれとは同期の桜……

中尾　（はげしく）宅間、歌をやめろ、歌を。

舞台の蔭から、煙が流れて来る。

宝生　黙禱！

一同、かしらを垂れる。──女子技工士などのなかには、感極まってむせび泣くものもある。

宝生　直れ。──では、焼却は夜どおし続ける。どんな邪魔がはいらんでもないからな、書類は一度にでなく、焼くにしたがって、順次運び出すようにする。いいな。
予備学生1　はあ。
津久井　今夜の当直は？
中尾　わたしです。ええと、技工士のほうは、君か。
技工士1　はあ、そうです。
津久井　都合で、二三人、臨時にふやしたらいいだろう。
中尾　はあ、そうしましょう。
宝生　では……（行きかけて）そうそう、下の消防へ電話をかけてな、少しばかり煙を立てるが、あわててポンプなどを寄越さんでくれと言って置く。
予備学生1　はあ。

宝生中佐、津久井技師、予備学生1などと、入口へ去る。

中尾、階段に腰をおろし、うなだれたまま動かない。

予備学生2　おい、もう今っきり歌えない歌をうたおう。Die Fahne hoch だ。いいか、（音頭をとって）三、四、一。

焚火のまわりに、もの狂おしい合唱が起る。

歌　„Die Fahne hoch! Die Reihen dicht geschlossen.
S. A. marschiert mit ruhig festem Schritt......"

気象台勤務の技手・田代義孝が、歌の間に、芝生の小道づたいに来る。肩に、雑嚢。田代、中尾の姿を認めてそばへ寄り、しばらく立って見ている。

中尾　（顔をあげて）ああ、田代技手か。
田代　気分でも悪いのかい。
中尾　いいや、別に。――虚脱かな。
田代　（並んで腰かけて）なかなか大変だね、こっちも。
中尾　見てくれ、あのとおりだ。
田代　下の坂道で、もう煙が見えたよ。日吉でも、殺気立ったのが一かたまり降りて行ったな。

合唱の済んだ焚火のまわりでは——

予備学生2　さあ、あとの分を、エレベータアで揚げて置くか。

予備学生と技工士の一と群れが、入口へはいってゆく。

中尾　——何か、連絡か？
田代　ううん、公用じゃない。君に会いに来たんだよ。始めにね、僕のすることを留めないって約束してくれれば、話すがね。
中尾　留めるかも知れないぞ。
田代　どうして？
中尾　なんかまた、得意の犠牲癖を発揮しようとでもいうんじゃないのか、時節柄。人を相手にせずにね、つまり日本人をだが、出来るだけ自分を通さなくちゃいけない時だと思うな、今は。
田代　僕の行く先が分って、そう言うのかい。
中尾　行く先？　いいや。
田代　実はね、きょうは、お別れに来たんだよ。僕は——死にに行くことになりそうなんでね。
中尾　どこへ？
田代　厚木へさ。明日、寺崎大佐にくっついて、先遣隊の出迎えに行くんだがね。そんな顔をするなよ。まだ見ないだろう、こういうもの。（ポケットから、紙きれを出して渡す。）
中尾　何んだ。ははあ、航空隊が市中で撒いたってやつだな。皇軍ニ降伏ナシか。――この健在ナリっていうのは、厚木と、何処だ、松島と……
田代　うむ。
中尾　木更津か。
田代　いや、あすこは、違うな。
中尾　どうして分る？
田代　松島の戦闘機がね、勧告に行って追い帰されたそうだよ。だから、厚木と木更津を結ぶ線ていうやつね……
中尾　厚木と木更津？　何んだ、それは？
田代　そうか、こっちは情報が遅いんだな。その線でね、進駐軍をくいとめる計画だったらしいがね。幸いに、まあ一角が崩れたわけだね。
中尾　ふうむ。
田代　（ビラを眼で指して）それをね、信子のやつが、きのう帰りみちに上野で拾ったんだそうだよ、弥次馬半分にね。行くと極まって遅く帰ると、出して見せたんだがね。何か、ギョッとしたな。
中尾　バカだな、君は。断わっちまえよ。
田代　そうもいかないよ、指名された以上はね。
中尾　なぜ？
田代　僕はね、自分の代りに、人を死ににやることは、ちょっと出来ないな。

中尾　すぐそうだからなあ、君は。何も選りに選って、君が行かないだって……
田代　それにね、中尾君、まあ聞けよ。僕は、ここんとこ頑強に或る主張をして来た手前もあってね。
中尾　どんな?
田代　君の説とは、そう、逆になりもしないだろうが、やはり日本の気象は、今後とも日本人の手で、なるたけ自主的に管理すべきだと思うんだよ、僕は。ところがね、その話が、妙なほうへズレて来ちまってね、そんなら機先を制して、まず厚木へゆけという訳なんだよ。がね、そうなると、ふだん威張り散らしていた兵科将校なんか、今度はみんな逃げ腰でね、とうとう課長の寺崎大佐が、責任上、自分が行くと言い出した。その代り、現場のこまかいことは何んにも知らないから、軍属の技術者で誰か一人ってんで、じゃ君って言われちゃったんだね。
中尾　ふうむ、田代君らしいなあ。(ビラを返して)で、信子さんは、何て言っておられる?
田代　ちょっと問題外だね、あいつは。十五日の晩にもね、ああこれでもう今夜っから、寝巻きに着換えて安心して寝られるなんて、はしゃいでいやがったっけ。こんなの、非国民てのかしらって、自分でそう言ってるんだから、処置ないよ。厚木へ行くとね、ディレンマに陥って、どっちみち救かりそうもないって話をしても、てんで一笑に附しやがるんだよ、あいつ。
中尾　ディレンマって、何んだ?
田代　うむ、この件でね、高松宮が差遣されそうになったって噂、聞いたろう。
中尾　いいや。
田代　だそうだよ。が、それじゃ余んまり畏れ多いからって、海相が辞退したそうだがね。
中尾　何んか、抜刀騒ぎがあったんじゃないのか。

田代　司令が副長を斬ったとか、その反対だとかって言うな。そんななかへ、君、アメリカ軍を迎えに来ましたなんて、のこのこ出かけて行こうもんなら、いきなり売国奴って斬ってかかられるかも知れないしね。
中尾　うむ。
田代　仮りに、まあ、先遣隊の到着まで無事だったとしてもさ、どうせわれわれの寝泊まりするところは、進駐軍側の宿舎のそばだろうからね、万一、夜襲でも食ったが最後、ね、やっぱり死ぬ公算が大だろう。
中尾　そりゃ、しかし――うむ、そうか。祈るな、僕は……
田代　でね、何しろ周りがこうだし、隣組へも、行く先を言ってあとを頼んじゃ、ちょっと出にくいだろう。万一のことがあったらね、あんな奴だけれど、どうか信子の相談相手になってやってくれないか。
中尾　分った。もう何んにも言わなくてもいい。
田代　頼んだよ。
中尾　（うなずく。）
田代　済まない。
中尾　――そうだな。なんか、飲むものでも持って来ようか、庶務に話して。
田代　いや、持ってる、持ってる。（雑嚢から、ウィスキーのポケット壜をとり出す。）ええと――死ににに行くほうから先きに、飲むんだっけかな。
中尾　いやな事をいうなよ。そういう積りで言ったんじゃないんだ、僕は。――が、まあ、君から……

（壜をとって、ついでやる。）

壜のキャップが、二人の手から手へ渡る。

中尾　田代技手。君、最近にね、敗戦のショックのほかに、何か——いや、まさかね。

田代　何んだい。

中尾　いや、こっちが少し変なのかも知れない。さっき崖のうえでね、人を抱きとめたりしたもんだから。

田代　若いのかい、その人？

中尾　うむ、若いな、僕らより一時代。あすこにいるがね、君が酒匂《さかわ》で教えた人間だよ。

田代　ふうむ。——君とね、中尾技手、お互いに外地にいた頃、手紙で言い合せをしたりしたろう。毎日こんなに戦死者が出るんだから、せめて気象班関係の事故で、人は殺すまいってね。なるたけ正確な予報を出して、戦闘機や哨戒機が、スコールに突っ込んじゃったりしないようにするぐらいのことをさ、いっぱし良心的だと考えていた僕らの——自分の甘さが、つくづく厭になったな。罰だよね、戦争が済んだ途端に、もう一度、死ぬ覚悟をし直さなくちゃならないなんてのは。

技工士1　（そばを通りかかって）ちぇっ、巧くやってら。少し配給して下さいよ、こっちにも。

中尾　だめだ。ただの酒じゃないんだぞ、これは。

技工士1　へへんだ。（行きかける。）

中尾　（田代に何か言われて）おい、待てとよ。

田代　……時間がないんで、そろそろ失敬するが、じゃ、これ、みんなで——って程はないけれど。
中尾　（壜をとり次いでやる。）有りがたいと思え。
技工士1　その通り。（焚火のほうへ行きながら）おうい、いいもの、あるぞう。——あ、中尾技手、これ、倉庫から持ち出したんじゃないって、証明してくれますね。
中尾　（苦笑して）ああ。
田代　じゃ……（立ち上がる。）
中尾　何か、持ってくものはないのか。
田代　いや、器械は向うに揃ってるし、いいとこ真空管を用意してって見るぐらいだがね。

芝生の小道を、女子技工士・堀川真佐子が、急ぎ足に来る。片手に、木口の手提げ袋。

真佐子　（遠くから）中尾技手。
中尾　（みて）あ、堀川君。——いけなかったのか？
真佐子　夏ちゃん？　ううん、そうじゃないけど、時間の問題よ、もう。電話じゃ、まだるっこいから、あのう……
中尾　うむ、ちょっと待っててくれ。いま駅まで、この人を……
田代　おんなじこったよ、君。何か話があるんだろう。もう、ここで失敬しよう。
中尾　そうか。

頭上に、飛行機の爆音が近づく。三人、ふり仰ぐ。

中尾　さっき警報の出てたやつだな。
田代　――それじゃ……
中尾　ほんとに、気をつけて……
田代　あり難う。

爆音遠のく頃、どこかで、砲声らしい音。

宅間　（焚火の輪のなかから）あ、やった、やった。

音響二つ三つ、続く。

予備学生1　（柱列の間に顔を出して）高射砲か？
技工士1　そうらしいです。
技工士a　ねえ、偵察機って、爆弾積んでいる？
技工士2　いるとも。
中尾　（田代を追いかけて）君、君、やっぱり駅まで送って行こう。

田代の肩へ手をかけて、二人、芝生のなかの小道を歩み去る。
真佐子、見送る。
舞台、暗くなり——或る時間の経過を暗示して、再び明るむ。

すでに、真夜中。
火勢にしたがって揺らめく光を、舞台の一方の蔭から受けて、階段のうえで話し込んでいる中尾、真佐子、技工士1・2と、ひとりでその辺を歩きまわっている宅間。火影は、柱列にもゆれ動くタッチをつけ、その後ろの石の壁面にも、おぼろな明暗を這わせて、建物全体が時折ゆらぐようにも見える。芝生の蘇鉄や龍舌蘭も、場所によって、くっきりと影法師を描き出す。四方、静寂。

中尾　……ええと、去年、おととし——の春か。そう、アッツ島の玉砕のちょっと前だ。もうね、そんな後方撹乱をねらうだけの神経戦に、大事な潜水艦は使えないって言い出したんだね。
技工士1　なるほど。分るなあ。
技工士2　それで、陸軍一本になったんですね。
中尾　いや、そりゃもっとあとでね、まだ海軍も、本土からやる積りではいたんだね。現に僕は、その実験に、去年、青島《チンタオ》へ行ってもいるんだが、どのみち、そうなると、気球のつくり直しでね。
技工士1　どうしてですか。
中尾　つまりね、六メートル立方の気球っていうのは、潜水艦のハッチから出し入れできる大きさなんでね。近距離に接岸して飛ばすんなら、それでもいいが、本土からじゃ、そうはいかない。

技工士1　あ、そうか。
中尾　れいの中緯度の西風ね――偏西風さ、あれをもっと徹底的に利用することになるんだが……
技工士2　ちうと、そのう……（歩きまわっている宅間に）うるさいな、少し動かんどれよ。
宅間　眠気ざましにもなりゃせんよ、そんな話。風船爆弾ぐらい、わしゃ、ちゃんと見て知ってるんだ。
技工士1　見たあ？　おまえがか？
技工士2　嘘つけ。何時、どこでよ？
宅間　へん、立入り禁止になってる砂山の向うからね、むくっと出ちゃ、揚がっていくんだ。始めはグニャグニャのやつが、上へゆくと真んまるになる。夜なんか、星みたいに小《ち》っちゃくなったのが、幾つも海のほうへ流れて行ったな。
中尾　ふうむ、見たらしいな、ほんとに。
宅間　田舎のやつは、バカばかりだからね。下でフガフガのもんが、空じゃ丸く見えるなんて、感心してけつかるのさ。わしゃ、ハッタリで教えてやったよ、ありゃガスを半分ぐらい入れとくと、上へ行って気圧が減るから満球するんだってね。そしたらよ、ふふん、良夫がどえらい学者になって帰ったって、大評判さ、くだらねえ。
中尾　何処だっけかな、おまえの故郷は。
宅間　中尾技手なんかの知らんとこさ。鰯っきゃ漁《と》れない漁師町でね、土地のもんは、横山大観の別荘があるのを自慢にしてら。
中尾　ああ、大津か、茨城の。

宅間　ほう、よく分るですね。
中尾　そりゃ分るさ。僕は、森川町の大観の家《うち》の隣りで育ったんだもの。なるほど、あすこも、放球基地か。
真佐子　どの辺かしら。
中尾　勿来《なこそ》の関のそば――だな。
宅間　そう。歩って行けるね。
中尾　と、おまえが酒匂《さかわ》で速成教育を受けてから、帰省でもした時のことか？
宅間　どうでもいいよ。（歩きまわる。）
技工士1　そうやってんなら、おまえ、火でもくべろ。
宅間　面倒くせえ。
技工士2　いやな奴だな。
真佐子　いいわ、あたしがするから。（焚火を見にゆく。）
技工士2　どうも、よく分らんなあ。
中尾　何が。
技工士2　いや、その中緯度の偏西風を利用するちうのがですよ。
中尾　どうして、君たち、酒匂で、高層解析の初歩を誰かに教わったろうが。
技工士1　ええ、田代技手です。
技工士2　ええと、偏西風ちうのはと、笑われるかな、成層圏すれすれの高いとこしか吹いとらんのでしょう。

中尾　そう、すれすれとも言えないが、風がつよいのは、大たい八、九キロから上だね。
技工士2　と、その下は、風向きがまちまちな訳ですね。
中尾　そうだよ。——あ、そうか。なぜ風船が、成層圏へ突きぬけちまったり、下降し過ぎて、横へそれたりしないかか。
技工士2　それなんだ。おかしいですか。
中尾　いいや、ちっともおかしかあない。専門家が苦心したのも、そこなんでね。何しろ地球の半分裏側になるだろう。八千キロ——もっとかな。
技工士1　そうよなあ、それだけの距離を、西風に載せて水平飛行させるなんちうことが……
中尾　出来るんだね。ノー・リフト・バルーンて言うがね、揚がり過ぎそうになると、自動装置でバルブが開いて、水素を放出する。逆に下がって来ると、吊ってあるバラストをね、砂嚢なら砂嚢を一つずつ落しちゃ、浮力を回復する。
技工士2　ははあ、そうか。
中尾　って言うと、簡単なようだが、そのバラストを投下するのはね、吊り紐の環《かん》を火薬ではじいて開くなり何んなりするんだが、あの高さだと、気温が零下五〇度ぐらいだろう。普通の電池は凍って役に立たなかったりっていうような、まあ、いろんな難かしい条件があってね。
技工士2　（うるさそうに）宅間。
中尾　——で、結局、陸軍じゃ十メートル球に設計し直して、何んでも砂をバラのままで落す装置に変えたらしいがね。僕らが青島で飛ばしたのまでは、ゴム引きの布《きれ》のやつだが、もうあの時分には、資源が逼迫して、ゴムは使えない。——宅間、おまえ揚がるとこを見て、あの正体が何だか、分ったか。

宅間　（答えない。）

火勢が強くなり、真佐子、引き返して来る。

真佐子　紙だって言うわね。寮に、ぽっちりしか障子紙の配給がなかった時に、寮母さんがそう言ってたわ。

技工士1　（宅間に）やあい、見ろ。

宅間　知ってるよ。日本紙を何枚貼りだかにしてね、上にコンニャクの糊を塗りたくってあるとよ。

技工士2　（中尾に）そうですか。

中尾　うむ。

技工士1　よく知ってやがるな。

宅間　それっくらい、漏洩してるさ。土地で、知らんもんはなかったね。悪口、言っとったよ。

中尾　誰が？

宅間　国民学校の先生なんかがね。大観の別荘の辺《へん》は、岡倉天心の旧蹟だろうが。その庭さきから、あんなもん飛ばすやつもねえってな。

笑い。

宅間　それに、よく人が死んだよ。
技工士2　何んで？
宅間　まだ揚げんうちに、突風をくうとな、綱つかんだまま吊り上げられちゃ、落ちて死ぬんだ。
（歩きまわる。）

間。

真佐子　（黙っている中尾に）どうしたの？
中尾　ちょっと、ほかのことを考えてた。
真佐子　何を？　病院のこと？
中尾　うむ？　いいやね、僕はまだ、トルーマンの放送っていうのの内容を、よく聞いていないがね。もしか広島に落ちたのと長崎のやつとが、別な種類だとするとね、アメリカは、ものすごい事をやってのけたわけだがね。そうだな、錬金術が実現したとでも言えばいいのかな。それに較べると、風船爆弾なんか、事実、吹けば飛びそうなもんでさ、まあ世界じゅうの物笑いだろう。
真佐子　でしょうね。
中尾　ところが、あれでも、われわれの科学力ギリギリだったんだなんて考えると……
技工士1　いや、今夜聞くまでは軽蔑しとったですがね、なかなかそうでないなあ、おい。
技工士2　うむ。
真佐子　ねえ。

中尾　そう思うかい、君たちも。まあね、ゴムが駄目なら、和紙を貼って、コンニャクの糊を塗る。それにヒビを入らせないようにするのは、グリセリンを使えば簡単だが、それもほかに要るんで、塩化カルシウムかなんかで間に合せる。無いものづくしのなかで、一歩一歩隘路を切り開いて行くんだろう。あれはあれで、大変だったろうとは思うよ。陸軍の技術研究所もね。

真佐子　芸者なんかまで、何んに使ったの？

中尾　知ってるんだな、何んのかのと。そう、女子挺身隊だね、あの作業は。何しろ、相手が紙だろう。頭のピンをみんな抜かされてね、爪を切ってさ、高温の乾燥室へはいるのに、真夏でも手袋をして足袋をはいたまんまだとさ。満球の試験をするのには、ひろい場所も要るしね、もう言ってもいいだろうが、東京じゃ国技館を使ってたらしいな。

技工士１　へえ、国技館とは、うまく考えたな。

笑い。

中尾　まあ、こんな工合で、やっと成功したんだね。カリフォルニヤに山火事が起ったたってことは、新聞にもでてたろう。

真佐子　でも、あれは、向うの記事が、もとなんじゃないの？

中尾　そうさ。

真佐子　届いたってことは、こっちで直ぐに分ったのかしら。

中尾　分るよ、そりゃ。観測室の話を、陸軍のやつに、自慢半分聞かされたがね。大量放球する時にね、一つにだけ、ラジオ・ゾンデをつけて飛ばすんだな、爆弾の代りにね。むろん一点観測じゃ駄目で、あの時は、そう、千葉の一ノ宮と――いや、場所は預るが、とにかく三点で観測している。雑音の多いなかで、極まった電波だけ聞きのがさずに、ずうっと追跡しなくちゃならないだろう。レシーヴァをあてがって、ダイヤルをぐるぐる廻しているうちに、顔がまっ青になって、脂汗がにじんで来てね、八時間目に交替すると、いきなりそこへぶっ倒れちゃうそうだな。放球してから足かけ三日がん張りとおしてね、この時間まで追跡できたら、確かに届いたろうってことになった時には、部屋じゅうで、わっと歓声を挙げたそうだよ。

中尾　いや、いや、そんなもんじゃないがね。

技工士2　みんな、頑張るには頑張ったんだなあ。要するに、物量の差か。

技工士1　うーむ、てんで凄げえや。

歩き疲れた宅間は、いつかその辺の芝生に横になっている。

中尾　宅間、寝たのか。風邪ひくぞ。

宅間　（答えない。）

真佐子　――割りと、蚊がいないわね。たいへんよ。寮や病院は。

中尾　ここは、吹き通しだからね。それに、これだけ大きな蚊いぶしを焚いていりゃ……

笑い。

技工士1　——中尾技手、きょうの会議に、分配の話は出なかったですかね。
中尾　さあ、どうだか。なぜ？
技工士1　いや、畑のもんだけでも、さきに分けんかと思ってね。ああやっとくと、婆婆のやつに掘られちゃうんだがなあ。
中尾　なんだ、いま掘りに行きたいのか。
技工士1　まあ、そうですね。眠気がさめたら、今度は腹がすいて来ちゃった。
中尾　いいだろうな。
技工士1　しめた。（2に）じゃ、行こう。——宅間も来るか。
技工士2　行くもんか、こいつが。
宅間　行くよ。（起き上がる。）
技工士2　お天気屋だなあ、こん畜生は。
技工士1　じゃ、火を頼みます。——へへん、電話よか話が通じますよ。
中尾　何んだって。
技工士1　（2に）さつま芋はまだだが、じゃが薯は、もうイケるんだね。
技工士2　何時そんな調査したんだ、おまえ。

三人、建物の裏へ廻ってゆく。口笛の歌。犬の声。
中尾、立って、焚火を見に、舞台の端までゆく。

中尾　（書類を火にくべながら）悪かったな、寮へ帰れなくさせちゃって。
真佐子　いいのよ、夏ちゃんのためですもの。――強情の張りっくらだわ。（笑う。）

中尾、資料の山から何かを拾い出し、火《ほ》あかりに照らして見ている。

真佐子　何してるの？
中尾　写真だよ。来て御覧。

真佐子、そばへゆく。

中尾　僕は、日もおぼえてるな。おとどしの二月の五日だ。日蝕の機上撮影さ。（つまんでいた乾板を、持たせてやる。）
真佐子　（火に透かしてみて）まあ、きれい。宝石の指輪みたいね。
中尾　うむ、ダイヤモンド環《リング》って言うね。（自分は、ほかの乾板を見ながら）皆既蝕の前かあとに出来るんだが、月ってやつは、完全な球体じゃないだろう。谷のようなとこから一個所つよい光が出て、そうなるんだね。
真佐子　これ、大事なんじゃないの？
中尾　ううん、そんなのは何処にでもあるが、苦心したのは、こっちだよ。これ。（乾板を持ち換えさせてやる。）

真佐子　なんだか分んないわ。

中尾　こうすると、ポジに見える。千歳《ちとせ》ね、北海道の。あすこの航空隊へ行ってたんだが、朝早くだから億劫がるのを、やっと拝み倒して、飛行機を出して貰ったんだがね。

真佐子　なあに、雲？　雪げしきかしら。

中尾　両方うつってる。日蝕のときに出来る月の影がね、何分《ぶん》ていう間に、北海道を通りぬけるんだね。札幌の近くで滞空していてね、その雪の上をすべって行くでかい影に追いぬかれながら撮してみたんだが、うまく行かなかったな。その代り、光線の変化は、割合によく撮《と》れた。これなんか、そうだがね。（別の乾板を渡す。）――お願いがあるんだがなあ。

真佐子　え？

中尾　これを、君、あの手提げに入れて、持って帰っちゃってくれないか。

真佐子　ええ、いいわ。病院へ行ってくれるのと交換条件なら。――嘘、嘘。いやだわね、そんなこと。

中尾　（乾板をボール箱に収めて、手渡す。）じゃ、頼むよ。

真佐子　ええ。（手提げ袋に仕舞いにゆく。）

中尾、火をくべ足している。

真佐子　もっと、はいるわ。

中尾　そうか。（手早く、資料の山から何かを選び出して）じゃ、これも。
真佐子　（うけ取って、手提げに入れる。）あたし、進駐の間、川口の親戚のほうへ行ってるわ。そっちへ預けて置くわね。
中尾　あり難う。

火勢、つよくなる。

真佐子　――中尾技手がね、会う資格がない、ないって言うの、口実でしょう？
中尾　口実？　どういう？　だって、もう永久に会わないって、振り切って行っちまったんだろう。あとで、どんなことになったってさ、のこのこ見舞いにも行けないじゃないか、バカな面《つら》をして。
真佐子　あのね、中尾技手は、いまの夏ちゃんを見たくないんじゃないの？　違う？　憤る？　美しい記憶のままでね、夏ちゃんに死んで行ってもらいたいんでしょう？
中尾　美しい記憶なんてのが、残りっこないよ、君から話を聞いただけでもさ。そうだろう、歯槽膿漏みたいに、歯茎から血を出して、シャックリをして、髪の毛がすっかり脱けて……
真佐子　悲しかったわよ。あたしは役者だから、カツラをかぶればいいだなんて。――それに、あの病室の臭い。あたし、お父さんが癌で死んだ時のことを思い出したわ。あれと、そっくりおんなじ臭いよ。だいいち、夏ちゃんだって、まわりの人のあの臭いがたまらなくって、向うの陸軍病院から逃げて来たっていうくらいでしょう。
中尾　そうか。

真佐子　病院じゅうが、阿鼻叫喚でね、みんな、もう手当のし様もなくって、水を飲むぐらいがせいぜいでね、大きな土壜が、口うつしに廻って来るんだって。夏ちゃんは、ほとんど外傷がなかったでしょう、背中のかすり傷だけで。そこから、いま腐り出したんだけどね。とてもあの臭いのなかじゃ、水を飲む気もしないんだって。で、どうしても東京まで帰ろうと思って、よろよろ這い出したんだってよ、棒っきれを杖にして。

中尾　罹災証明書が、出たのか？

真佐子　ううん。だけど、身なりが証明してるでしょ。すぐ改札口を通してくれたって。椅子にかけてもいられなくってね、床《ゆか》に寝たままで来たそうよ。そしたら、あのギュウギュウ詰めの汽車のなかでね、夏ちゃんのまわりだけ、まあるく空けて、みんな脇へどいてるんだって。伝染病かなんかと間違えられたんでしょうね、停まるたんびに、降りろ、降りろってどなられたんだってよ。着物なんかも、ずたずたでしょう、何しろ、あの日、雨に会ったり、ドブに漬かったり……

中尾　雨？　六日の日にか？

真佐子　ええ、どず黒い雨が降って来たってよ。ざあざあってね。そしたら、誰かがね、ガソリンを撒いたぞ、気をつけろ、今度は焼夷弾だぞうって、どなって歩いたんだって。だから、ボロボロの袖を鼻へ持ってってみたけど、何んの臭いもしなかったそうよ。

中尾　ははあ、人工降雨とおんなじ効果をもつんだな、アトミック・ボンブは。

真佐子　え？

中尾　それは、君、何分ぐらいしてからだろう。

真佐子　……

中尾　炸裂からさ。
真佐子　……
中尾　（真佐子の泣いているのに気がついて）どうしたんだ。
真佐子　――（泣きながら）あたし、明日にも死んでいく人の話をしてるのよ。雨なんか、どうだっていいじゃないの。
中尾　――そうか、謝まる。ちゃんと聞くよ。
真佐子　もう、厭。

間。

真佐子　分ったわ。――きっと、そうよ。
中尾　（みる。）
真佐子　あたしね、あんなに中尾技手のことを好きだった夏ちゃんが、そんなこと言う筈がないと思ってたのよ。だけど――そうだわ、きっと。何んか、中尾技手が、今みたいな冷酷なことを言ったのね。
中尾　……
真佐子　そうでしょ。
中尾　――うむ、素直になろうな。或は――僕の言い分のほうが――間違っていたかも知れない。
真佐子　（見守る。）

中尾　可哀そうなことをしたな。――この火を見ているとね――そこに、夏枝が立って、僕を責めてでも……

真佐子　（おびえて）あ。――厭。

中尾　――ねえ、堀川君。まあ、かけろよ。夏枝が弥生隊《やよい》にはいったのをね、僕は、要するに徴用のがれなんだろうと思ってね。徴用だけのことなら、僕が分室へ紹介する。ここへ来て、計算でも天気図の敷き写しでもやっていたらいいじゃないかって、勧めたんだがね。

真佐子　なぜ、すぐ結婚してあげなかったの？

中尾　僕は、ルオット島にも行った。青島にも、北海道にも、九州の鹿屋《かのや》にも。何時どこで、どんなことになるかも知れないだろう。結婚の責任なんか負えなかったな。

真佐子　そうかしら。

中尾　うむ？

真佐子　女って、そんなもんじゃないわ。未亡人になったって、いいじゃないの。

中尾　まだ分らないかな、君には。夏枝と、幾つ違うんだっけ。

真佐子　四つ。分るわよ。想像でも。

中尾　さっきの話でもね、雨のことさ、君は誤解してるんだよ、キューリー夫人伝てのを、読んだかい、君？

真佐子　ええ。なぜ？　ああいう本で、寮に残ってたのは、あれだけよ。

中尾　あのなかに、旦那さんのピエールが、馬車に轢かれて死ぬところがあるだろう。その時に、キューリー夫人がね、たとえ何が起ろうと、魂の抜けがら同然になろうと、研究だけは続けなければって、決心するね。あすこを読むと、誰でも感動するだろうが、それで、君、キューリー夫人の夫に対する愛情が薄いっていうことになるかい？
真佐子　詭弁よ、そんなの。
中尾　そうか、じゃ仕方がない。――しかし、ああも芝居がしたいもんかなあ。凝っとしてるとね、何かが体じゅうに鬱積して来て、居ても立ってもいられなくなるらしいな。悪いがね、僕は、食慾か――いや、まあ、そういったもんを連想したな。
真佐子　まあ。
中尾　で、ずいぶん勧めては見たんだがね。僕は、軍の名に於いてでも、ここで研究がつづけられる。が、芸術は、そうはいかない。いくら隊長が、移動演劇の質を高めるって力んでみたって、あの制約からのがれられるもんじゃないってね。それに、軍管区ごとに劇団を移駐させるなんてのは、乱暴だよ、もう中小都市の爆撃が始まってたんだしね。
真佐子　それで、中尾技手、おしまいに何てったの？
中尾　うむ。――おまえは、芸術家なんかじゃない、ただの露出症だ……
真佐子　憤るわ、そりゃ誰だって。あたり前よ。
中尾　が、まあ見てくれ、あの通りだ。よっぽど、どうかしてたんだなあ、軍の名なんぞで、研究が続けられると思ったのは。それを笠に着て、僕は夏枝に当り散らしたんだからね。その点じゃ、夏枝のまえに、手をついて謝まってもいい。
真佐子　そんだけの気もちがあるんなら……
中尾　だから、なおさら行けないんだよ。それとも、夏枝が連れて来いって言ったのかい？

真佐子　いいえ。
中尾　そうは一と言も言わないだろう?
真佐子　ええ。
中尾　ほうら、見たまえ。
真佐子　そこが、冷酷なのよ、中尾技手は。夏ちゃんはね、あんな臭いのする病室へ、中尾技手に来てもらいたくないのよ。汚いとこを見せないで、死んで行こうとしてるだけよ。会いたいって気持ちは、全身があらわしてるわ。
中尾　——僕の命がけでつくった調査資料が、こうして、どんどん灰になってゆく。歯をくい縛って、これを見つめているのが、いちばん夏枝を弔うことになるんだよ、いまの僕には。

次第に視野が明るんで来るなかに、遠い電車の音が聞える。

真佐子　（中尾の横顔を見守っていたが、急に）あ!
中尾　何?
真佐子　嬉しい。いま、中尾技手、行こうかなあって思ったでしょ。
中尾　ううん。
真佐子　嘘。そういう顔をしたわ。そうでしょ。
中尾　（無言——うなずく。）
真佐子　いま通ったの、始発ね。じゃ、行きましょう。さあ。

中尾　だめだよ。僕は、八時に当直を引き継いでからでなくちゃ。
真佐子　じゃ、あたし、寮に寄って、さきに行ってるわ。——きっと来るわね。
中尾　うむ。

技工士たちの戻って来る気はいがする。

技工士1の声　（遠くで）中尾技手。
中尾　ああ、みんな帰って来たな。——君、おなかは、いいのか。
真佐子　（身づくろいをしながら）いいわよ、そんなこと。——じゃ、あとで。喜ぶわよう、夏ちゃん。

真佐子、ほの暗いなかに小鳥の声のする芝生の小道を駈けてゆく。

真佐子　（ふり返って）きっとよ。（去る。）

技工士たち、メリケン袋に入れたじゃが薯を運んで来る。

技工士1　中尾技手。ほうら、大収穫。——あれ、堀川君は？
中尾　いま出てった。寮へ帰るって。
技工士2　大丈夫かな。駅へ出る道は、まだ暗いがなあ。

宅間　よし、わしが送って来る。（芝生の道を駆け出してゆく。）
技工士2　なんだ、あん畜生、急に元気になりやがって。
中尾　どうしたんだ。
技工士2　いや、さっきからですがね。
技工士1　中尾技手、こんがりと旨く焼いたのを食わせますよ。
中尾　あり難う。（明け放れてゆく空を仰いで）晴れるな、きょうも。

小鳥の声、焚火のけむり。

——幕——

2

時――敗戦の年の初秋。豆台風の過ぎたあくる朝。

所――東京の都心部、皇居をめぐる二重の濠の間に挟まれた官衙《かんが》街のなかの、日本気象台本台の構内。小学校の教室を想わせる、木口のザツな、殺風景な部屋が、衝立《ついたて》で仕切られて、向って右が、予報課長室、左半分が、予報課・現業係、調査係に割り当てられている。右には、課長の机を中心に、内線と外線の二つの卓上電話、タイプライターなどをそなえた課長附き秘書の机、書棚、会議用のテーブルなどがあり、窓のそとには、現業室のものものしい防弾建築と、それへゆく渡り廊下が見える。左は、何列かの執務机、内線の電話、図表類を入れる戸棚、片隅に、天気図を書く透写台などが並び、窓からは、露場《ろじょう》の芝生と、そこに点在する真っ白な百葉箱や、小屋根のうえで風力計の廻る雨量計室が、柵越しに眺められ、視野のはてには、内濠端の老松の群立ちも望まれる。

左右に一つずつ、出入り口。舞台は、2・3・4を通じて、変らない。

人——軍部の統制は解かれて、新たに「極東空軍」の管下にはいったこの特殊技術官庁に働らく人びと。軍からの転属者がうけ容れられて、成員の質に或る変化の起る過程にある。すなわち——

八十島台長　理学博士。
矢吹予報部長　同。
佐藤予報課長　同。
津久井調査係長　元・海軍気象部技師。
中尾敬吾　嘱託、調査係。
田代義孝　同、現業係。
田代信子　その妻。雇員、予報課長附き。
堀川真佐子　雇員、調査係。
宅間良夫　元・海軍気象部、技工士。
小日向　元・陸軍気象部員、技術中佐。
沢　村　移動劇団員。
新聞記者
職員1・2……

新涼の空にむかって、開け放たれた窓々。一方に見えるコンクリート建ての現業室のまわりには、まだ土嚢が積まれ、材木が組み上げられたままである。
衝立の右では、佐藤予報課長が、机をへだてて、田代義孝と対座し、隣りの机には、課長附きの信子がいて、事務を執りながら、時どき口をはさむ。
衝立の左では、津久井調査係長、中尾敬吾、堀川真佐子その他の職員が執務中である。自席へ人を招いたり、人の机まで立って行ったり、ほかとの連絡に出たりはいったり、夜勤が明けて帰って行ったり、透写台の電燈をつけたり消したりする動作が、幕を通じて行われる。

佐藤　……しかしね、田代君……（アクビを嚙みころして）どうも、失敬。
田代　ゆうべは、ずっとですか。
佐藤　そう、一睡もしなかったよ、豆台風のおかげで――しかしね、誰が見たって、君ぐらい通信系統に明るい人は、そうはいない。戦争中の実績が、ものを言うからね。
田代　さあ……
佐藤　だから、今後ね、その方面を民主的に再建してもらうのにも、君あたりが最適任者ということに、当然なるがね。
田代　いえ、それが、そう一足とびには、気もちの上で繫がらないんでしてね。まあ、僕なんか、当分のうちはですね、現業室の隅っこで、天気図にデータを書き込んでいるだけの、平々凡々なプロッタアでありたいんですけれど……
佐藤　意外だね、それは。
田代　殊に、この間、進駐軍を出迎えに、厚木へ行きましたでしょう。
佐藤　ふむ、厚木で何を感じて来たんだね。
田代　はあ……（言いよどむ。）

佐藤　（信子に）え？

信子　うちじゃ、何んにも言いませんのよ、この人。無事でよかったわねって言えば、ああ、よかった。疲れたでしょうって言えば、ああ、疲れたって、それっ切りですもの。そうそう、日本人のなかで、ジープってものを一番さきに見たんだなんて、自慢してましたわ。

卓上で、外線の電話のベルが鳴る。

信子　（電話器をとって）はあ、気象台予報課でございます。はあ、はあ、は？　はあ。ちょっとお待ちを。

佐藤　またか？

信子　ええ、豆台風のことで、誰か責任者にって。

佐藤　（出る。）もしもし、はあ、はあ。いや、何んとも大失態で、申しわけありません。はあ、え？　ああ、壕舎ずまいをなさる方を代表してですか？　はあ、壕舎が水びたしに？　それは、どうも。何分にもその、どこも同じでしょうが、万事に手が廻りかねるものですから、はあ、むろん責任は、大いに感じております。はあ、いや、御想像のようなもんじゃありませんが、はあ、然るべく善処いたします。はあ、はあ、どうも失礼。（切る。）――こういう電話ぐらい、癪にさわるものはないね、昔っから。もっとも向うは、うんと癪にさわるように、かけて寄越すんだろうがね。

笑い。

佐藤　それに、責任者は、かならず高給をむさぼってることにされちまうね。

笑い。

田代　あの、僕は、ていよく敬遠されるんじゃないんでしょうか、きのう予報当番の補佐をして、失敗したりしたもんで……

佐藤　いや、それなら、君、津久井君のほうが……

衝立の向うから、中尾敬吾がはいって来る。

中尾　課長、そろそろ時間ですが、天気図の原図を持って来て置きましょうか。

佐藤　ああ、いい人が来た。中尾君、ちょっと加勢してくれたまえ。田代君にね、通信業務の再建を引きうけてもらいたいんだが、当人なかなかうんと言わないがね。

中尾　そうですか。

佐藤　（信子に）代りに、君、現業室へ行って来てくれ。

信子　はあ。きのうの十五時の天気図ですね。

佐藤　そう。

信子、出てゆく。渡り廊下を通る姿が、窓から見える。

中尾　（笑う。）

佐藤　何んだい？

中尾　この男、細君の前じゃ、なかなか本音を吐きませんよ。

佐藤　そうかね。じゃ、今ならよくはないかね。

田代　そう言われちゃうと、どうも……

笑い。

田代　いえね、戦争ちゅう、僕が通信の方面にムキになっていたのには、僕なりの理由があったんですが——今さら、そんなことを……

佐藤　いや、まあ、聞こうよ。

田代　そうですか。外地にいて、痛感したんですけれど、トラック島の「カナトコ」の放送ですね、あれは、まあ取れるんですが、かんじんの本台の「トヨハタ」が、なかなかはいりませんでね。れいの電離層の加減で、エコーがうまく反射して来ないからなんでしょうが、特に日の出日の入りがいけないようですし、それに両方の放送がかち合ったりすると、受信機が一つッきゃ無いような設備のところじゃ、見す見す聞きのがしますしね。眉間に真剣な皺をよせて、ダイヤルをぐるぐる廻してる顔を、いやって言うほど見て来たもんですからね。中尾とも、あっちでよく手紙のやりとりをしましてね……

佐藤　それは、聞いているよ。気象班関係の事故で、人を殺すまいって、言い合せをしたんだそうだね。

田代　はあ。外南洋から本土までは、いい飛行機で二日、普通だと三日がかりでしょう。その三日分の予報が正確でないと、どうしても犠牲者を出しますんでね、帰るなり、通信系統の立て直しに狂奔したわけなんですが、てっても、まあ御承知のように、周波数を何メガから何メガに変えてみるとか、放送時間のスケジュールを統一するとか……

中尾　君の手紙には、ずいぶん励まされたっけなあ。(佐藤に) ルオット島ってのは、島が二つになっていましてね、兵舎や観測所が片っぽにあって、飛行機の発着する指揮場が片っぽにあるんで、遠くってアゴを出しちゃうんですが、その間の陸橋みたいになってるとこをですね、何時もわたしは、田代との約束を思い出しちゃ、人助け人助けって駈けずり歩いたもんですよ。

佐藤　いい話じゃないか、そういう田代君だからこそ……

中尾　いいえ、ちょっとその、代弁しますとね、田代は外地で、ええと、或る研究テーマを摑んで帰って来たんですがね。

佐藤　ほう、どんな?

中尾　内容を言うと、憤られそうなんで……

田代　よせよ、そんな話。

中尾　で、帰るとすぐ、それに取りかかりたくって耐らないところを、れいの彼独特のヒューマニズムを発揮してですね、また何年か、自分のことをあと廻しにして、通信業務に没頭したわけなんですが、何てったっけ、今? ああ、狂奔か。その狂奔っていうのが、こう無理やりに自分のプランを棚上げにして、公的な仕事にのめり込んで行ったこの男の気もちを、よく現わしてると思いますがね。
田代　よせったら。
中尾　厚木へ行ったのも、言わばその延長でしてね。

信子、幾つかの図表を抱えて、引き返して来る。

中尾　今だから言いますけど、まだあの時は、叛乱軍が立ち退くかどうかも分らなかったんで、わたしに後事を託……(信子を見て、黙る。)
信子　(会議用のテーブルのそばで)ここへ置きます。補助図も、持って参りました。
佐藤　ああ。
信子　(席へもどりながら)あんまり悲壮な顔をして、この人が出てゆこうとしますんでね、じゃ記念撮影をして上げましょうって、取っときのフィルムを持って出たら、どなられちゃいましたわ。
田代　バカ。
信子　ふふふむ。(仕事にかかる。)
中尾　信子さんは、どこへ換られるわけですか。
佐藤　そう、それさ。夫婦が同じ課で働けないっていうのも、考えてみると、妙な内規だね。田代君が、ここに居つくとすると、せっかく慣れてもらった助手を、僕が手離すことになるんだからね。

信子　矢吹先生がね、部長附きにして下さるってんですけど、あたしには、ちょっと考えがあるの。（田代に）追ん出されて、結構よ。ふふふむ、まあ見てらっしゃい。

佐藤　そうそう、津久井君の耳には入れて置いたが、君のほうの、ほら、海軍の技工士だった……

中尾　ああ、堀川ですか。

佐藤　あの人を、こっちへ貰いたいがね、困るかい。

中尾　いえ、よろしいでしょう。呼びましょうか。

佐藤　うむ、まあ、あとでいい。

話題にのぼった真佐子は、衝立の向うで、計算器を使って、仕事に余念がない。

佐藤　それより、田代君、厚木で、どうしたって？

田代　はあ。――とにかく、ショッキングな事件の連続だったことは確かですがね。航空隊の私室なんか、地もとの住民に掠奪されたと見えましてね。ひどいんですよ、黒枠のついた特攻隊の写真やなんかが、床《ゆか》に落ちて、土足で踏まれて、あたり一面にガラスが散乱したりしてましてね。

佐藤　ほう。と、それは抗戦派が立ち退いたあとを覗ったんだね。

田代　でしょう。

佐藤　どっちも、どっちだね。

田代　はあ。で、まあその晩は、そういう惨憺たるところへ、藁を敷いて寝たんですが、当日は、八時半ていう取り極めでしょう。朝早くから、一時間置きに対機通信をやったんですが、向うの飛行機の呼び出し符号がヴィクタアで、こっちがレッドですね。ハロー・ヴィクタア、ジス・イズ・レッドって、しきりに呼び出してみるんだけど、完全に無視されちゃいましてね。

中尾　キロサイクルの打ち合せは、してあったんだね。

田代　あった。だけど、前の日に、ミズーリ号やなんかが、もう相模湾にはいってたからね。――到着基地の気象通報を、何も日本人にして貰わなくってもいいって訳なんでしょうね。一機も出てくれないんです。

佐藤　なるほど。

信子　あんたの顔が、拝見したかったわ。

田代　するうち、時間きっかりに編隊が見えたんですが、追い風だから、風下へ廻り込むのかと思っていると、そのまま、ぐうんと機首を下げて、楽に降りて来ちまったんですね。その輸送機の腹に、トーキョー・トローリイって書いてあるんで、トローリイとは人を喰ってると思いましたよ。

笑い。

田代　気象将校なぞは、降りるとすぐ、暗《そら》で文案を考えながら、じかにタイプに打っちゃうんでしょう。それを、そばから受けとって、すぐ発信するってな工合で、こりゃ帝国海軍とは桁ちがいに能率的だと思ったですね。れいのジープを積みおろした連中なんか、すぐそれを乗り廻しちゃ、見物人にこうやって合図をしたりしてるんで、まるで進駐っていう気分じゃないんですね。僕らは、占領地で日本の軍隊のすることを、いろいろ見て来ておりましょう。敗けたなあって思いましたよ、あの時に、いちばん。

佐藤　ふうむ、分るね。

田代　こっちで用意してった厚木の地図を渡そうとすると、航空写真でつくった精密なやつを、さっと眼のまえにひろげられたりしちゃうんで、もう手も足も出ないって感じでしたね。しまいには、自分が少々滑稽になって来ましてね。まさかに僕は、気象部の兵科将校連みたいに、ちょろく機先を制するつもりかなんかで出かけたんでもなかったんですが、（信子に）今、口出すなよ。――まあ、許される範囲で、多少とも自主的に気象を管理できたらなんて、甘い考えでいましたでしょう。

佐藤　ふむ。

田代　僕らのブチ当ってる現実は、そんな生やさしいもんじゃないに極まってるんで、とすると、きょうまで僕が、みみっちくヒューマニスト振っててですね、人のためと称してやって来たことなんか、要するに自分に対するジェスチュア――って言いますか、こう結局は大きなマイナスを働きながら、眼さきのちっぽけなプラスに縋りつこうとする気休めみたいなもんじゃなかったろうかなんて、反省もしましてね。（中尾に）だから、君が言うのとも、少しズレがあるんだがね――それで、暫らくじっとさせといて頂きたいんです、大へんに勝手ですけど。

中尾　課長、やっぱり田代を、当分ただのプロッタアのままで置いといて下さらないですか。

佐藤　何んだ、君も、要すれば反対説か。

笑い。

信子　羨ましいわ、あなた方は、何んかって言うと、そうやって庇い合って。ちょっと妬けるくらいよ、中尾さん。ねえ、先生。
佐藤　全くだね。まあ、仕方がない、諦めるか。（生アクビをする。）どうも、いけない。――ほんとうを言えば、僕なぞも、こうして行政面にタッチしてるのが、つくづく厭だね。どこか附属の研究室でも受け持たして貰って、ただの学者に返りたいがね。現に、矢吹部長なんかも、結局、地震学者になり切れなかったもの。
中尾　部長らしいですよ。

衝立の左へ、矢吹予報部長が、姿を見せる。

矢吹　津久井君、ゆうべ、君、どうして来なかったのさ、台長に呼び返された時に？
津久井　はあ、何んとしても足がこっちへ向かなかったものですから。
矢吹　なぜ？
津久井　実は、辞職させて頂こうかと思いまして。
矢吹　え、辞職？
津久井　はあ。
矢吹　いや、そんな話を、いきなり僕にして呉れても困るよ。まあ、来たまえ。

二人、衝立の右へはいって来る。

衝立の左で、内線の電話のベルが鳴る。

真佐子　(出る。)もしもし、ああ、消費組合ですか。え？　何んの配給？　ああ、じゃが薯が、船で着いたんですか。

矢吹　(佐藤に)やあ、ゆうべは、油をしぼられたね。

佐藤　はあ、どうも……

矢吹　あれから、徹夜かい。

佐藤　はあ。

矢吹　御苦労さま。(テーブルのそばに腰かける。)

真佐子　(電話口で)じゃ、けさの当番明けの人から、受けとりに行ってよろしいんですね。ええ、分りました。(切る。)

矢吹　台長が見えるまでにね、ちょっと予備知識として研究しときたいがなあ。

佐藤　何をですか。

矢吹　いや、きのう僕らが帰っちゃってから、呼びつけられるまでの間のことをさ。何んのヒントで、台長、あの豆台風を発見したのかな。

佐藤　(信子に)君が、いたんだったね。

信子　はあ。

矢吹　そうかい。

信子　あたくし、数字のタイプを溜めちまって、居残っておりましたんですけど。ああ、先生、あのほうのことは？
矢吹　うむ、あとで喜ばせて上げる。それで？
信子　そしたら、八十島先生が、いつものように、自転車で見廻りにおいでになりましてね。ふらっと、そこの窓んとこへいらして、こう後ろ手を組んで、お得意の雲の観測をなすってらっしゃるうちに、急に、おやッって仰しゃいましたの。こっちが、びっくりするくらいのお声で。
矢吹　何んだろうね、佐藤君。
佐藤　さあ。
田代　ゆうべ台長室じゃ、そのお話は……
矢吹　出なかった。津久井君を待っているうちに、ほかの話になっちゃってね。
津久井　どうも……（頭を下げる。）
矢吹　それで？
信子　すぐあたくしに、電信課へ電話をかけるように仰しゃいましたの。海面のウネリがあるかどうか、銚子と御前崎に問い合わせてみろって。
矢吹　ふむ、ウネリね。
信子　それで、電話の返事をここでお待ちになりながら、あの夕焼のいろが不断と違うが、君に分るかなんて、お訊きになったり……
矢吹　ふむ、夕焼と。
信子　そのうち、返事は向うで聞くって仰しゃって、またふらっと出ていらしたんですの。
矢吹　現業室へ行かれたんだね。

信子　いいえ、鉄塔にお登りになったとかって。
矢吹　鉄塔に？　それ、確かかい、君。
信子　はあ。あとで、そう伺いました。
矢吹　あとでとは？
信子　もう一度、ここへ自転車をとりにいらしたついでに、部課長と当番を官舎から呼べってお言いつけになりましたんで、お電話しましたわけでしょう。
矢吹　そうか。何んてってた、台長、その時？
信子　みんなお灸だって、ふふふむ。
中尾　あ、見えました。

八十島台長が、新聞記者といっしょにはいって来る。

八十島　いま新聞社の人につかまっちまってね。
記者　（見廻して）何か会議ですか、これから？
八十島　そう。君の訊きたいという件を、こっちでも検討するんだよ。予報と実況の間に、大きな誤差が出た時には、必ずやる。
記者　と、お邪魔でしょうな。
八十島　邪魔だと言ったって、引きさがる人じゃあるまい。まあ、かけなさい。（自分も、座につく。）
矢吹　君、念のため言っとくがね、ここはまあいいが、現業室へ無断出入りは困るよ。

記者　はあ、承知してます。

信子、湯呑所へ、茶を汲みに立ってゆく。

津久井　台長、昨夜は、まことに……

八十島　まあ、いいさ。（卓上の図表を手にとって）まるで明治時代の天気図だな、どこもかもブランクだらけで。

矢吹（目顔でとめる。）

八十島（構わず）データが二つか三つかしかはいらないのに、予報検討会でもなかろうかね。

記者（書きとめる。）予報検討会と。――じゃ、お言葉に甘えて、ちょっと突っ込んだ質問をしますがね。

八十島　お手柔かに願いたいな。

記者　ええとね、この間、軍部の気象管理が解除されてですな、ラジオの正午の時報のあとで、れいの、ほら、本日の全国天気概況はっていうアナウンスね、あれが始まった時には、ああ、平和が回復したんだなあって、何んかこう胸せまるものがあって、思わず青空を見上げたくなるような気がしたですがね……

八十島　君、途中だがね、軍から解除の指令が出たのは、前の日のもう夕刻でね。どうにも間に合わなんだので、あの初放送は、東京地方だけでしたよ。それに、天もわれわれを憐れんだのか、あの日は曇りだったね。

笑い。

記者　ちぇっ、まぜっ返しちゃ、いけないな。喩えがですよ。とにかく、われわれはね、まさに平和のシンボルとして、四年振りですか、あの放送を好感をもって聞いたわけなんですがね。ところが、忽ちこの黒星でしょう。
八十島　（苦笑して）ふむ、どうもね。
記者　ざっとのとこで、江東地区の浸水家屋が、ええと、千三百戸だっけかな。芝じゃ、壕舎が倒れて、三人ばかり人死があったし、埼玉県あたりの農作物も、被害甚大でね。気象台は、何をしとるかってなもんですよ、輿論はね。豆台風に奇襲上陸されるまで気がつかなかったなんてのは、前例がないでしょうな。
矢吹　いや、あるよ、君。負け惜しみじゃないがね。（佐藤に）調べといてくれましたか。
佐藤　はあ、明治時代にも無論ありますし、昭和十――（田代に）四年だったね。
田代　はあ、そうです。
佐藤　小笠原の北東海上に親台風があってね、それに気をとられているうちに、いきなり銚子へ、豆台風が上陸した例があります。
記者　じゃ、その時も、予報が遅れたんですね。
佐藤　いや、夕刊ぎりぎりに間に合ったようでした。
記者　ほうら、そこが大変に違うんだなあ、僕らに言わせると。

信子、運んで来た茶を、テーブルに配る。

記者　そうそう、アメリカの漫画にね、日本人が大急ぎで虎の絵を猫に塗りかえてるのがあるそうだけれど、まだ連合軍は、われわれに対して、ちっとも警戒をゆるめちゃいないわけでしょう。それで、ちょっと気になるのは、気象台じゃ、陸海軍からの転属者を大幅にうけ入れたようですがね、あの台長の声明には、軍部が一丁噛んでると睨んだんだが、違いますか。

八十島　というと？

記者　つまり軍関係者の失業を防ぐって意味で、強引に送り込んで来たんじゃないんですか。似た例を言やあ、学生がそうでね、今時分まで士官学校や経理学校でマゴマゴしてたのは、いちばん軍国主義に凝りかたまった頭の古い奴らでしょうが。それを、一般学徒をさし置いて、帝大までが優先的に吸収するなんて、そんな無茶な話はないですよ。気象台もね、そういう厄介者を引きうけて、職員の質がガタ落ちになったからこそ、今度みたいな……

八十島　いや、それは違うな。大体ここはね、東大物理の系統と、前台長の頃から、台内で私塾みたようにしてやっている養成所の出身者とだがね。まあ、養成所も苦しいのでね、あれは海軍がさきだったが、軍から補助金を受ける代りに、各年度の優等生を何人かずつ、軍のほうへ廻していたんでね。ここにいる中尾君、田代君、この人たちは、なるほど海軍気象部から転属したのには違いないが、もともと養成所の出身でね。われわれにすれば、軍のほうへお預けしといた有望な教え子を、今度返してもらったようなもんだよ。

田代　有望なだけ、余計ですね。

笑い。

八十島　じゃ、純然たる転属者はと言えば、たとえばこの津久井君なぞは、海霧、海の霧ね、の研究にかけちゃ、一方の権威だというような塩梅で、職員の水準が落ちる筈は、絶対にないがね。
記者　と、一体、何が失敗の原因ですか。
八十島　敗戦が、原因だね。
記者　え？
八十島　だから、われわれは、豆台風にまで舐められる。
記者　そんなロジックはないでしょう。

笑い。

八十島　いや、そうだよ。以前はね、南西諸島から小笠原、それにずっと南洋方面へかけて、測候所が幾つもあったし、観測船というのがまた、言わば海の上を動きまわる測候所でね。それが台風の発生を早期に捉えて、刻々に無電で状況を知らせてくれたものだが、その測候所もほとんど破壊されて、向う様の手に落ちたし、汽船も今じゃ、一艘ほか残っていない。われわれも神様じゃないんだからね、天気予報の精度が少々落ちるぐらいのことは、まあ不可抗力として、大目に見てもらわなくちゃあね。
記者　そこですね。（書く。）
八十島　それともう一つの難点はね、いや、台風とは違う話だが、天気というものは、地球のこの辺じゃ、通例、西から東へ移って来るんだがね。ところが、大陸派遣軍が降伏すると同時に、シナ全土に配置してあった軍の気象班も、すべて活動を停止したわけだろう。この方面から、現在まるきりデータがはいらないのも、痛いんでね。
記者　なるほどね。（書く。）

衝立の左へ、現業室から出て来て――

職員1　手荒く眠いや。
職員2　出ねえのか、あっちの会議へ。
職員1　いいだろう、エスケープだ。
矢吹　（記者に）君、周恩来が重慶へ呼ばれて行ったらしいが、あの会談は、どうなるのかね。
記者　さあ、決裂でしょうな。日本軍との接収工作から手をひけと言ったって、中共側が受諾する筈はありませんよ。
矢吹　じゃ、内乱かね。
記者　でしょうな。なぜです？
矢吹　いや、何んでもない。

記者　ああ、その間じゅう、あっちの気象通報は、暗号のままって訳ですか。と、まあ八方塞がりじゃないですか、ここの仕事は。だったら、そもそも気象台の看板を上げていていいかどうかっていう根本問題になって来ますな、これは。

八十島　いや、心配御無用だよ。御承知だろうが、われわれは今度、極東空軍の管下にはいることになってね、もう最初のメモランダムが、こっちへ届いている。だから、この先き台風があればね、アメリカの飛行機がすぐさま追跡して、中心まで飛び込んで行って観測してくれるから、安心したまえ。

記者　そうですか。へえ、台風の中心まではいってっても、墜落しないもんですかね。さすがに高性能だなあ、あっちの飛行機は。

中尾　ちょっと、それは違いますね。

記者　え?

中尾　わたしが鹿屋にいた時の経験ですが、海軍に「銀河」っていう攻撃機がありますがね、もういい搭乗員がいなくなったあとでも、そいつがちょくちょく台風の眼まで突っ込んで行ったですよ。

矢吹　ふむ、何んで?

中尾　攻撃前の天候偵察やなんかでですがね。

田代　機体に水が溜まって、やり切れないだろうね、観測機でないと。

中尾　それより凄いのは、プロペラだね。あんだけの回転速度で雨に当るもんだから、金属のペラがそそくれ立っちゃうよ。

信子　へえ、プロペラが、そんなになるの。

記者　どうもいけない。すっかり撃退されちゃったな。

笑い。

衝立の左では――

職員1（帰り支度をして）じゃ、お先きへ。またラグビーか、乗り降りに。
真佐子（呼びとめて）あ、消費組合へ寄ってってね。じゃが薯が着いたんですって。
職員1　ふうむ、予報が外れもするだろうさ、一艘っきゃない観測船で、食糧を運んでちゃあね。
職員2　じゃ、御辞退か。
職員1　とんでもねえ。（出てゆく。）
記者（手帖を見て）ああ、そう言や、れいの「ふ号作戦」ですね、風船爆弾。あれの責任者が、今度、喚問されたでしょう、陸軍技術研究所の、ええと、美作《みまさか》少将ですか。
八十島　うむ、そう。
記者　台長は、大本営参与でもあったし、「ふ号作戦」の、確か、顧問をしておられましたね。
八十島　うむ。
記者　で、そういった肩書と引っ絡めて、どうお考えでしょうか、戦争責任っていうやつを。
八十島　いや、ありゃ喚問じゃないよ、美作さんのは。当人から、こっちへも連絡がありましたがね、出頭してみるとね、B29が父島や硫黄島から爆撃に来た時に、上空で、意外に抵抗のつよい横風に会ったというんだね。向うは、アメリカ本土と日本の間に、定期航空路をひらく意向らしくてね、ついては、「ふ号作戦」で、北太平洋の高層気流をよく調べているだろうから、その資料を提供してもらいたい。ついでに風船の残りがあったら、これも実験のために飛ばしてみたいから、引き渡してくれと言うんだそうだ。もっとも爆弾は要らないんだそうだがね。

笑い。

八十島　で、資料も風船も、きれいに焼き捨てちまったと答えたら、大へんに残念がっていたらしいよ。日本人は、勿体ないことをすると言ってね。
津久井　（何か言いかける。）
矢吹　何？
津久井　いいえ。（首を垂れたまま、動かない。）
記者　それで、気象台としちゃ、どの程度、あの作戦に協力されたもんですか。
八十島　それはね、君、北太平洋上の高層風のことなんぞを、アメリカに開き直って訊かれでもしたら、こっちが恥かしいくらいのものでね。われわれに分っていたのは、海面に近いところの気温と気圧だけだったんだが、まあ、軍に頼まれて、その資料から熱力学的に逆算してだね……
記者　（書きながら）逆計算ですね。
八十島　そう、高度八キロ以上の平均風向と風速を割り出したんだがね。骨が折れたよ、この計算には。あれで、どの位かかったかね、佐藤君。
佐藤　はあ、半年くらいでしょう。

八十島　気象台が、君、「ふ号作戦」にタッチしたのは、それ以上でもそれ以下でもないね。
記者　なるほど。——これも、大して手答えなしか。
八十島　そう、戦争責任という言葉が出たから、一と言、言って置きたいがね。地図を見るまでもなくね、君、風船爆弾を飛ばすには、北海道の海岸からやる方が、到達の可能性が多いのは、お分りだろう。だから、美作さんなぞがね、根室、十勝、あそこいら辺の海岸を、何度となく自動車で往復してね、放球基地に向きそうな場所を、十何個所とか探し廻ったもんだそうだが、ただあの辺からやるとね、北に寄り過ぎてるから、カムチャッカあたりへ逸《そ》れてゆく危険もある訳だね。中立国に迷惑をかけちゃいけないというんで、北海道から飛ばすことを絶対に許されなかった方があるが、どなただと思う？
記者　ははん、今度、巣鴨へ入れられた誰かですね。それとも、パチンコでここを撃ちそこなった……
八十島　いいや、違う。天皇陛下だよ。こういうことも、何かの御参考にはなるだろう。
記者　そうですか。しかし、あの「ふ号作戦」てのは、爆弾ばかりでなく、細菌をバラ撒く……
矢吹　君、君、話題を限ろうよ。われわれの関知しないことじゃないか、そんなのは。
記者　いや、そっちからお話が出たから、ちょっと伺ったまででね。さてと、今、何時ですか。（そばの人の腕時計を見る。）

少し前から窓ぎわに寄って、仕事づかれのした眼を露場に遊ばせていた真佐子が、柵ぞいに来る訪問者を見つける。

真佐子　あら、宅間さんじゃないの？
記者　さあ、こうしちゃいられない。（席を立つ。）

宅間、窓下に顔を見せる。

真佐子　どうしたの、あんた？（窓から乗り出して）え？
記者　実はね、社の帰りに、ラク町のくら闇で、ちょっと時計を貸せを喰っちゃいましてね。で、まあ献納したわけですよ、当分お世話になると思ったからさ。そしたら、それをこうやってポケットに仕舞いながら、何てったと思います。ド致シマシテだってさ。
佐藤　何んです、そりゃ。
記者　サンク・ユウは、有リガトウ、ナット・アット・オールは、ド致シマシテって、対句みたいに教わって来たのを、とっ違えたんでしょうな。

笑い。

記者　お邪魔しました。（出てゆく。）
真佐子　（窓のそとの宅間に）おはいんなさいよ。中尾さんも、このお部屋よ。（戸口へ廻ってゆく。）

やがて、おずおずとはいって来る宅間を、真佐子は、空席の多い現業係の机のほうへ導き、何か話しはじめる。

八十島　どうも、とんだ飛入りにはいられて、時間がなくなっちまったがね、まあ、この際に言って置きたいのは、古来からある観天望気の法を活用することだな。原始的なようだが、天気を眼で読むことも、大切だね。

矢吹　台長、鉄塔にのぼられたそうですね。

八十島　ふむ、誰に聞いたね。「手のひら雲」をね――って言うのは、わたしが勝手につけた名だが、こう人間の手のような恰好をした雲が見えていてね、それが、たとえばカフスでもしているような工合に、地平線のきわで、平たい雲の上に乗っていたらだね、実は、きのうもそれを確めに塔へのぼって見たのだが、まず台風が近いと思っていいね。

矢吹　ははあ。読んだなあ、そう言えば、何かで。

八十島　その手のひらの指に当るところは、むろん五本とは限らないがね、巻雲になっている訳だろう。そこで、その巻雲のてっぺんの高度を、何キロと目算してだね、こっちからそれを見る角度を、五度なら五度と測定する。

矢吹　ははあ、それで、そのタンジェントを求めれば……

八十島　そうさ、そうすれば、南々東なら南々東のね、百何十キロか先きまで、台風が来ていることが、すぐ分るだろうが。但しね……

信子の机で、内線の電話のベルが鳴る。

八十島　ほうら、御催促だ。
信子　（受話器をとって）もしもし、はあ、いらっしゃいます。はあ、はあ、ちょっと。（八十島に）あの、お部屋のほうへ、もう本省の方が……
八十島　ああ、すぐ行きます。
信子　もしもし、すぐそちらへお戻りになりますそうです。はあ。（切る。）
八十島　佐藤君にも来てもらおうか。占領方式によると、労働組合が奨励されるらしいがね、こういう特殊な職場には、特殊な形が必要のように思うが、どうだろう。じゃ、まあ、これで……
津久井　台長、あの……
八十島　うむ？　ああ、過ぎたことは、いいとしよう。いま急ぐしね。
津久井　あの、実は、辞職させて頂きたいと思いますが……
八十島　辞職？　そんな、君、誤報の一つや二つで……
津久井　いえ、きのう当番をしたことだけが、理由ではありませんので……
矢吹　じゃ、君、何んだい。
津久井　いえ、ここへ引き取って頂くべきだったのは、僕などの身柄なんかじゃなくて、やっぱり、あの掛けがえのない調査資料だったと思うんでしてね。さっき、「ふ号作戦」について、アメリカ側の意向を伺ったりしたもので、なおさら悔まれるんですが、ねえ、中尾君、僕はあの時、気象プロパアの資料と軍関係の文書を、どこまでも分離するように主張すべきだったんだろうね。君が、あれだけの危険を冒して、ああ言っていたのに、僕は、逆に特務班長や……

中尾　もういいじゃないですか、そのことは。
津久井　いや、あれを焼いちまった以上はね、僕などは、ただ北方海域の霧のことかなんかを、うろ覚えに知っているだけで、科学的な精密さでは、何ひとつ主張できない人間になっちまったんだから……
佐藤　津久井さん、それはね、あなたの場合、特に打撃が大きかったというだけでね、誰しも敗戦を境に、おんなじような眼に会っていやあしませんかね。
津久井　いいえ、それが、あの厖大な資料を、今からでも復元できる条件があれば、別ですが……。僕は、こういう気象学の中心点にいてですね、みなさんが困難ななかで、それぞれ希望をもって再出発される様子を直接見聞きしているのが、実は耐らないんでして……
八十島　まあ、君、ここじゃ話も出来ない。とにかく向うへ来たまえ。
津久井　はあ。
八十島　じゃ……

八十島について、佐藤、津久井、出ていく。一緒にゆこうとする矢吹へ——

信子　矢吹先生。
矢吹　(足をとめて) そうそう、忘れるところだった。御希望の件、ＯＫだよ。
信子　ほんとですか。宇宙線実験室へ換われますのね？
矢吹　うむ。賛成だな、僕も。君みたいな人が、これから婦人科学者として立って行こうって言うのはね。あっちへ行って、せいぜい計数管でもいじるんだね。
信子　まあ、嬉しい。
矢吹　バルーンは揚げるんだし、そのうち霧箱ね、クラウド・チャンバアでも備えつけるようになれば、君の特技も役に立つさ。ねえ、田代君。
田代　はあ。

矢吹、出てゆく。

信子　（田代に）何あに、霧箱って？
田代　とんだ婦人科学者だな。うちで教えてやるよ。（卓上の図表類を片づけ出した中尾に）いいよ、僕が持ってくから。
中尾　そうかい。
信子　あんた、タバコ置いてってって。
田代　おまえ、きょうもう三本も、おれの分に侵蝕したぞ。（抛ってやる。）
信子　ド致シマシテ。

笑い。
田代は、原図を抱えて、現業室へ、中尾は、衝立の左へもどってゆく。
信子、ゆっくりタバコを吸ってから、茶碗を下げにゆく。

真佐子 （宅間と対坐している場所から）ああ、中尾技手。
中尾 中尾技手？
真佐子 あら。
中尾 あの、僕はですな、先月、あっちを依願免になりましてね、ただ今……
真佐子 分りましたってば。
中尾 （真佐子のそばの人を見て）何んだ、宅間か。
宅間 （黙って頭を下げる。）
中尾 （そばへ腰かけて）どうしたんだ、おまえ、あの時、急にいなくなっちゃって。
宅間 ……
中尾 損したぞ。解散までいりゃ、分配があったのに。
真佐子 あたし、いなくなったの、もっとあとかと思ってたのよ、いま聞くまでは。あの朝、あたしを駅まで送って来て、あれっ切りだったたんですってね。

内線の電話が、かかって来る。

職員2 （出る。）もしもし、ああ、いるよ。——（真佐子に）君だ。門衛から。
真佐子 あたし？ ——宅間さん、自分でお頼みなさいよ、いまの事。（電話口で）もしもし、え？
沢村さん？ さあ、誰だろう。

職員2　怪しいぞ。
真佐子　え、何あに？　ああ、そうか。迎えに行きましょうか。そう、お部屋、教えて下さる？　すみません。じゃ……（切る。）
中尾　誰？
真佐子　ええ、あの、ほら、弥生隊――の事務局の人。
中尾　……
宅間　（真佐子に）君、そ言ってくれよ。
真佐子　自分で言うものよ、そういうことは。
中尾　何んだ。
真佐子　あの、この人ね、ここにはいりたいっていうんだけど……
中尾　ふうむ。どこにいたんだ、今まで。
真佐子　ずうっと田舎に帰ってて――（宅間に）そうね？
宅間　（うなずく。）
真佐子　きのう出て来たらしいの。
中尾　田舎じゃ、暮せないのか。
宅間　――もう厭なんだよ、わし、鰯の丸干やヒラキをこさえてんのが。（手を嗅いで）まだ臭えや。
中尾　相変らずだなあ。
宅間　それに、わし嫉《そね》まれとったからね、余計、軽蔑されるんですよ、うちさ帰ってると。
中尾　ええとな、おまえ、親は？

宅間　親父は、死んだですよ。おふくろと、兄貴だけだね。
真佐子　どうかしら？
中尾　うむ、まあ、課長に話してみよう。

窓の向うに、沢村の顔が見える。

真佐子　ああ、どうぞ。（戸口から迎え入れる。）
沢村　先日は、築地の本願寺のほうへ、わざわざどうも……
真佐子　いいえ。――こんなとこですけど。（椅子をすすめる。）
沢村　（ほかの人たちへかけて）御仕事ちゅうを、相済みません。
中尾　（目礼を返す。）
沢村　（真佐子に）御焼香をなさるとこを、遠くからお見かけはしたんですが、何しろ手んてこ舞いをしておりましたもので。
真佐子　たいへんな会葬者でしたわね。
宅間　（腰をうかして）じゃ、わし、また……
中尾　うむ？　まあ、もう少しいろよ。
沢村　よろしいんでしょうか。
中尾　いや、構いません。（宅間と、小声で話しはじめる。）
沢村　きょうは。、重ねてまた御迷惑なお願いに……

真佐子　何んでしょう？
沢村　ええ、実は、あの合同葬のあとでですね、遭難者の霊をなぐさめますために、記念碑を建てたらという意見が、葬儀委員の間から出ましてね。
真佐子　ああ、広島にですか。
沢村　いいえ、あっちはまだ、まるきり復興のメドもついておりませんし、まあ、あの放射能の毒で、七十五年間、草木が生えないなんてのは、嘘だったようですが……
真佐子　そうらしいですわね。ここからも、現地の踏査に、人が行っていますわ。
沢村　ああ、そうでしょうな。それに、遠過ぎもしますんでね、御存じでしょう、小山内先生、あの方の御墓所の多磨墓地とか、れいの伴田伍長の英霊の眠っております奥沢の九品仏とか、まあ、そういった新劇ゆかりの地を、何個所か候補に挙げましてね、委員の間で、いま奔走しておるんですが……（基金帖をとり出す。）

中尾、それとなく聞き耳を立てている。

真佐子　九品仏はね、あのすぐそばに、あたしたちの寮が……（口をつぐむ。）
沢村　ああ、御存じですか、あの辺を。
真佐子　ええ。
沢村　ですが、まあ、ああして九人の隊員が惨死をとげましたについては、わたくしなぞも重大な責任を感じておりますような訳でしてね。実は、隊長があの管区の出身だもので、広島移駐をしきりに主張しましたんですが、もうあの時分、警報の出る数は東京よりあっちの方が多いくらいでしたでしょう。打ち明けたお話が、隊員は、一人残らず行くのを嫌がっておったのでしてね。

真佐子　夏ちゃんもですか？

沢村　はあ、夏枝さんなぞは、行きたがらないほうのトップだったんですが……

真佐子　あら、そうだったのかしら。

沢村　はあ、隊員同士の私生活には、お互いに立ち入らない習慣でしたので、よくも知りませんけれど、何か海軍のほうの関係の方《かた》と、夏枝さんは、あの、お親しかったんじゃないでしょうか。御存じありませんか。

真佐子　さあ、そうでしょうか。

沢村　何んでも、その方からですね、ええと、あれは、どういう……そうそう、暗号の話でした。もうアメリカ軍が、暗号を使うのをやめちまった位だから、戦争も峠が見えてるってことを聞いて来られたらしくて……

真佐子　ああ、暗号通報のことをね。

沢村　そう言っては何んですが、夏枝さんも、女優としては、余りもう若いってほうでもありませんでしたでしょう。で、終戦が時の問題だとしますとね、ここで隊長の機嫌を損じたら、戦後、本格的な仕事が始まろうって時に、どうにも工合のわるいことになるんじゃないかなんて、御当人、いろいろに思い悩んだ揚句に、しぶしぶ決心をしたらしかったんですがね。それをまた、わたくしなぞが、事務局をやっております関係上、よせばいいのに、そばから行け行けと、くどく勧めたりしましてね。

真佐子　……

津久井が、暗い顔で引き返して来て、自席につく。

真佐子　それで、あなたは、何処にいらしたの、あの日？
沢村　はあ、それがその、移動に出るのに人数が足りませんでね、わたくしが聯盟の本部から役者を借りる交渉に、ちょっと帰っておった間《ま》に、あんなことになっちまったもんですから、なおさら寝覚めが悪いんでしてね。——ですから、ぜひ記念碑だけはという気もちは、御推察ねがえるかと思いますが……
真佐子　ええ、分りますわ。（基金帖を手にとって）ああ、ここに書いてありますのね。じゃ、あの、ぽっちりですけど、あたくし、二タ口。（金額と名前を書く。）
沢村　そうですか。どうも済みません。
真佐子　中尾さん、どうなさ——あのう、出して下さる？
中尾　（うなずく。——基金帖をうけ取って、書き入れる。）
沢村　恐縮ですな、それはどうも……（書き込まれた金額を見て）あの、こんなによろしいんでしょうか。
真佐子　どら。（のぞく。）いいのよ、遠慮なさらないでも。書き出しの多いほうが、みなさん、釣られて出すんじゃなくて。
沢村　それは、まあ……

中尾　失敬ですが、じゃ、これで両方の分を。（金を渡す。）
沢村　はあ、確かに。（二人を見くらべて）あの、ご主人でいらっしゃるので。
真佐子　（わらって）厭あねえ。――あたしが貧乏なんで、立て替えて下すっただけよ。
沢村　これは、失礼しました。
真佐子　宅間さん、あんたも、出す？（察して）ああ、いいの、いいの。

衝立の右へ、佐藤課長が、もどって来る。

佐藤　もうかかって来ないかね、電話は。
信子　抗議のですか。はあ。
佐藤　君、ここを動くまでにね、一度、相談に乗ってほしいな、君の特技に関係のあることだがね……
信子　写真ですか。
佐藤　いや、歌さ。
沢村　（席を立って）では、どうも大変に――あの、もう同じですから。

真佐子、中尾、戸口まで送り出す。

佐藤　（信子に）消費組合くらいじゃなくね、これからは、職場内の文化的な欲求も、とり上げてゆこうというのだがね。コーラスなんかがよかろうってことに、いま向うでなったんだが……

信子　そうですか。
佐藤　何んか似たような動きが、下にありはしないかね。
信子　ええ、あの、バイブル・クラスで、讃美歌の練習をしようかなんて言ってますけど……
佐藤　そうかい。（アクビをする。）
中尾　（引き返して来て、宅間に）どうした、しっかりしろよ。（肩をたたく。）おや、おかしいな。
真佐子　そうよ、あたしもさっきから、そう思ってたの。
中尾　どら。
宅間　（身を避けて）汗だよ、これは。
中尾　おまえ、宿があるのか？　――ゆうべ、どっかで雨に会ったろう。
真佐子　（あたりを憚りながら）嘘ついちゃ、だめよ。あんた、黙って家《うち》を飛び出して来たんじゃない？
　――お金も、ないんでしょ？
宅間　……（うなずく。）

露場から、パイロット・バルーンが揚がり、測風観測が始まる。
元・陸軍技術中佐、小日向が、衝立の右へはいって来る。肩章をはき取った軍服、乗馬ズボン。

小日向　やあ、今お暇ですか。
佐藤　ああ、小日向さん、どうぞ。
小日向　きょうは、むごい程よく晴れておりますな。バルーンが真っすぐに揚がるんで、アングルがつかなくて、弱っておるようです。で、ちょっと感想がうかびましたがな。
佐藤　なんですか。
小日向　負けても。日本晴れと言えるもんでしょうか。負けても、日本晴れとね。

笑い。

佐藤　どうぞ。（椅子をすすめる。）
小日向　（立ったままで）いや、結構です。実は、本日附で、気象台嘱託の辞令が下りましたので、とり敢えず、ええ、課長殿に御挨拶に出ました。
佐藤　聞いております。ご丁寧に。
小日向　はあ。従来は、その、軍のほうで、気象台の、まあ、お世話をしておったようなもんだったが、不覚にも、今後、御好意にあまえなければならんことになりました。で、自分と致しては、この際に、気象学の一兵卒として再出発したい積りでおります。気象学の一兵卒としてですな。どうか、よろしく。
佐藤　いや、こちらこそ。

小日向、敬礼をしかけ、気がついて戦闘帽をぬぐ。

真佐子　（小声で、宅間に）まあ、上野で野宿したの？

宅間　そばで、一人、死んだよ、栄養失調で……
中尾　バカだなあ、早く言やあいいのに。じゃ、待ってろ。（自席へ帰って、何か書きはじめる。）

津久井が、机を離れて、衝立の右へ入ってゆく。

佐藤　ええ、わたし個人としては、どこまでもお留めしたいんですがね。それほど辞意が堅くておいでなら……
津久井　さきほどお耳に入れた件ですが、これを受理していただけましょうか。（辞表をさし出す。）
佐藤　どうぞ。
津久井　（みて）あの、よろしいでしょうか。
小日向　（横から）ええと、不しつけだが、津久井さんでしたな。
津久井　はあ、そうです。
小日向　お分りでしょうか。自分は、陸軍気象部員として、ずっと本台に詰めておった……
津久井　小日向さんですね。
小日向　はあ。どうもわれわれは、気象部同士でもお馴染が薄かったですが、今後は一つ、陸海軍ということを離れて、お附き合いを願いたいですな。
津久井　はあ、どうぞ。
小日向　さっき、お噂を小耳にはさんだのでは、軍からの転属者として、ここの勤務に向かんということを理由にしておられるようだが、あんた個人のお気持だけで進退なさるということは、現在どんなもんでしょうか。

津久井　と言いますと?

小日向　現に自分が、いま辞令を受けて、人事課からここへ参る間にもですな、すれちがう人たちの眼つきに、もう一種の摩擦を感じるのですがね。まあ、お互いは、身命を賭して、聖戦——いや、とにかく国土防衛のために全力を尽したのであって、これは、そこいら辺の冷淡な戦争傍観者どもに、とやかく言われる筋合いのもんじゃ、断じてなかろうかと思うんでしてね。冷淡な戦争傍観者どもにですな。で、あんたが、いま選りに選ってそういう理由で退かれるのは、つまり、その、本台直系と言いますか、ここ生え抜きの人たちにですな、われわれを何する絶好の口実を与えるようなもんだとしか思われんのでしてね、特に再考を煩わしたいのです。

津久井　（無言。）

小日向　ちょっとここを拝借して、懇談しようじゃないですか。課長にも聞いて頂きたいのですが。

津久井　いや、全ては御批判にまかせますよ。では、課長、お願いします。（佐藤に一礼して、衝立の左へ引き返す。）

小日向　お待ちなさい。

中尾　（書いたものを封筒に入れて）ここに書いてあるからな、これを持って、さきに僕のうちに行ってろよ。

真佐子　宅間さん、お礼を言うもんよ。

津久井、自席から鞄をとって、戸口に向う。

小日向　（衝立のきわから）待ちたまえ、君。
宅間　（中尾に）済みません。
小日向　（出てゆく津久井の後ろから）おい、耳がないのか、君は。

宅間、こらえかねて、泣きはじめる。
信子、タイプを叩く。

――幕――

3

時——敗戦から二年目の春。或る日の昼ごろ、寒冷前線の通るあとさき。

所——やや整頓の度を増した、2と同じ部屋。

人——社会の混乱と、それに伴う人事異動によって、職場内の地位も立場も、それぞれに変り、殊に最高管理者の交迭を軸にして、一人びとりが或る転機に立たされている前幕の人びと。すなわち

——

八十島前台長　参議院立候補者。

矢吹新台長　前予報部長。

佐藤予報課長　旧に同じ。

小日向調査係長　技官、元・陸軍技術中佐。

中尾敬吾　同、調査係。

田代義孝　同、現業係。

田代信子　　　　雇員、宇宙線実験室助手。
堀川真佐子　　　同、予報課長附き。
宅間良夫　　　　同、調査係。
宅間の兄
合唱のリーダア
職員1・2・3・4……
女子職員a・b・c……

衝立の右には、もとの場所に佐藤の顔が見えるが、以前、信子のいた机では、真佐子が事務を執っている。窓のそとの現業室は、周囲の材木や土嚢が取りのけられて、あらわになった防弾建築が、今は、時代錯誤めいた感じを与える。

衝立の左に働らく人びとも、異動に応じて、それぞれに居場所が変っている。窓さきの露場には、若草が萌え、春らしい気流の変化のさき触れとして、濠端の松をかすめて来る風が、時おりガラス戸を鳴らす。

部屋の片隅では、透写台にむかった宅間に、故郷から出て来たらしいその兄が話しかけている。

宅間の兄　ははあ、うまい工夫がしてあんな、この机は。擦りガラスの下さ電気が点くんで、敷き写しが利くっつう訳か。

宅間　ほら、よけいなこと言うから、間違えちまった。（ゴム消しで消す。）そんなもん、持ち込んでくれるなって、手紙出したんだのになあ、兄《あん》ちゃん。
兄　ふん、幾月目によこした手紙か知んねが、行きちがいに、用で出て来っちまったもんでな。
宅間　（手を休めずに）何んの用で？
兄　香料、買いによ。石鹸の脱臭な、臭い抜きをしっぺと思って。
宅間　ふうむ。
兄　もうはあ、石鹸場《ば》もな、副業だなんて言ってらんねくなったんだ。おれら見ならって、競争者も殖えたもんで、難かしいとこだな、ここいらが。（持って来た包みをほどきながら）まあ、追い追いに改良してっから、知恵貸してくれ。
宅間　出さんでいいよ、見本なんか。この二月っからな、ここも方々の職場と横のつながりが出来てな、飴だ、本だって、カンパに来るんだ。それ買うだけで、精いっぱいだよ、みんな。
兄　まあ、そう言わねで……
宅間　だから、個人関係で便宜図ることは出来にくいんだったら。ヒカリ石鹸というのも、正規のルートではいるんだしな。
兄　（見本をとり出して）けんど、まあ、五個でも十個でもいいんだ。ここの大木《おおもと》さ品が納まれば、水戸や平の測候所は、近くだかんな、セールスして廻わんのに、なんぼ話がつけやすいか知んねえ。
宅間　え、そんな積りで、寮へも見本送って来たのか。（向き直って）じゃ、なおさら駄目だ。寮で、みんなに試めしてもらったがな、おかげで大恥かいたよ、おれ。
兄　何んでよ？

宅間　そんな魚っくせえもの、使えるもんか。おまけに砂っぽいし、泡も立たねえしよ。ちっとばっか値段が廉くっても、何んにもならねえ。
兄　そうか。じゃ、まあ遠慮すっか、そんなに言うなら。
宅間　（周囲を気にして）みんな、笑ってら。
兄　――したらな、ちょっと中尾さんていう方にお会いして行きてえが。おふくろからも、言づかって来たんだ。
宅間　あ、あの話だな。
兄　それもあるが、いつもいつもお前がお世話になってるんで、礼も言いたいしよ。
宅間　中尾さんは、いま台長官舎に行ってら。組合の用で。なかなか帰って来ねえから、待ってたって無駄だよ。

近くの机で、内線の電話のベルが鳴る。

職員2　（受話器をとって）もしもし、ああ、うむ、うむ。――おい、宅間。
宅間　連絡か。（席を立って、電話に出る）ああ、おれ。うむ、うむ、うむ？　うむ、分った。（切る。職員たちに）みんななあ、きょう昼休みに、重大ニュースをスピーカアで流すそうだからな、座席離れずにいてくれとよ。
職員3　O・K。
職員a　はあい。

その他の声。

宅間　ちぇっ、重大ニュースなら、勤務時間ちゅうだってやりゃいいんだ。（衝立のきわまで行って）堀川君……

真佐子　聞えたわ。

職員2　結果報告かな、台長官舎に会いに行った。

宅間　そんな大事件か、八十島さんが社会党で出る出ないがよ。（席へもどって）ほかに、まだ用あんのかい、兄《あん》ちゃん。忙がしいんだ、おれ。

兄　そうらしいな。じゃ、まあ帰るが、あの話でもな、良夫、やっぱり返事だけはよこしてくれよ。先方は大乗り気なんで、おふくろが責められて、弱ってっから。

宅間　分った、分った。帰りゃ、手紙が着いてら。

兄　そうか。じゃ、これ、おふくろも言うんで、中尾さんに差上げてくれ。お笑いぐさによ。（別な石鹸の包みを渡す。）

宅間　よしたらいいのになあ。ええと、これ置いてってな、さっき言ったセールスの口実なんかにするんじゃあるまいな、まさか。

兄　そんな真似、したことあっか、おれが。――じゃ、まあ元気で。あんまり、年寄りに気ィ揉ますなよ。（ほかの人たちへかけて）お邪魔しました。（宅間に、戸口まで送られて、出てゆく。）

真佐子の机で、外線の電話のベル。

真佐子　（出て）はあ、気象台予報課でございます。はあ、はあ、あの、それでしたら、今度、構内に新設いたしました気象相談所のほうへおかけになると、いちばん確かでございますけど。はあ？ああ、公衆電話から。いいえ、分らなくもございませんが。（受話器を押えて、二た言三言、小声で佐藤に聞いてから）ああ、もしもし、きょう正午ちょっと過ぎに、寒冷前線が通りますので、一時雨になりますが、間もなく晴れると思います。はあ、はあ。ちょっとお待ち下さい。（もう一度、佐藤とささやき合ってから）もしもし、あの、三四十分見当かと思いますけど。春の驟雨って申しますか、通り雨の程度でございましょう。はあ？　はあ、はあ。どうも有難うございます。失礼。（切る。）

佐藤　何んの礼を言ってるんだ。

真佐子　台長さんの御当選を祈りますって。

佐藤　台長って言ったかね、はっきり？

真佐子　ええ。

佐藤　君、そういう時にはね、気象台を辞めて立候補されたんだって、教えて上げる方がいいな。これは、政治とは関係がないからね。

真佐子　はあ、気をつけます。

調査係長・小日向が、左の入口からはいって来る。

小日向　（透写台にむかっている宅間に）それ、君、何んの転写だ。
宅間　はあ、室戸台風の毎時天気図です。これを十二枚写せって、中尾さんに言われとるんですが。
小日向　ふうむ、室戸台風というと、あれは昭和九年か。君らは、まだ子供で、記憶がないだろうな。
宅間　はあ。

小日向、2で津久井のいた席に鞄を置き、衝立の右をのぞく。

小日向　（佐藤に）やあ、遅くなりました。（真佐子に）君、僕の名札を返しといてくれ。
真佐子　はあ。（壁にならんだ名札の一つを返す。）
小日向　ちょっと、よろしいですか。
佐藤　どうぞ。後ほど、官舎のお引っ越しに、顔を出そうかとは思っていますが。
小日向　ああ、八十島さん、今日いよいよ官舎をお引き上げですか。（腰をおろす。）
佐藤　何んだったら、ご一緒に。
小日向　いや、半日サボったあとで、そうもしておられんです。きょうは、ちょっと市ケ谷をのぞいて来たですがね。
佐藤　市ケ谷？　ああ、東京裁判ですか。どんな工合でした。
小日向　あの、門をはいって、御存じでしょうか、芝生のスロープを弧形にのぼってゆく道ですが、戦前わたしは、あれを毎日のように往復しとったんでしてね。

佐藤　ああ、士官学校時代に。数学を教えておられたんでしたな。
小日向　数学というと聞えはいいが、兵科教育も実学でなくちゃならん、軍人も算盤をやれと言われておった時代でね、ははは。

真佐子、電熱器のそばへ、湯を沸かしに立つ。

佐藤　そうそう、イヤホーンというのが、新聞で評判のようですが、誰かも言っておったけれど、あれは、英語と、何んですか、日本語の通訳とが、ダブって聞えでもするんですか。
小日向　ははは、どうも向うの品だと、何んでも精密だと思いたがる、いや、一般にですよ、癖があっていかんですな。なあに、ただのレシーバアみたいなもんでね、陳弁が一くさり済むと、検事席なり証人台なりの赤い電球に燈《ひ》がつくんです。それがサインで、その間黙っておって、ほかの場所で通訳が行われるのを待つ。消えると、また喋るというだけのもんですよ。
佐藤　ほほう。
小日向　それより、二階の傍聴席の、わたしのおった場所というのが、ちょうど被告席についた東条ギャングのあのオデコが、真横に見える位置でしてね。（相手の表情を見て）何ですか。
佐藤　失礼、どうも、あなたのお口から、東条ギャングというような……
小日向　ふむ、まあ、過去は過去としての話ですがね、で、やっこさんが、白いヘルメットをかぶった、背《せい》の高いのに護衛されて、丸腰でボックスへはいって来ましょう。しばらく見んうちに、いやに青黄いろい、むくんだような顔になっとったですがね。それで、こうふて腐れたように、軍袴まがいのズボンを一揺りゆり上げて着席するところなんかを見ておると、一種の錯覚に捉われますな。
佐藤　錯覚とは。
小日向　これが、一時にもせよ、ガダルカナルからアリューシャンへかけての行動圏を支配した人間だとは、どうにも実感としてうけ取れんのでしてね。
佐藤　なるほど。
小日向　それと、もう一つ、開廷間際にですな、そう、被告席の真向いが、細長い壇になっておって、うしろの壁に、連合国の国旗が十ばかり並んでおるんですがね、それへ各国の代表が、一列になってゾロゾロ出て来るのはいいとして、先頭に立っておるのが、何んと、カラードさんでね。
佐藤　カラード?
小日向　皮膚の黒い、頭にターバンを巻いた先生ですよ。いささか民族的感情を刺激されましたな、あれには。まあ、あんたも、一度見て置かれるといい。
佐藤　（笑って）いや、まっぴらです。が、直接見ておられて、どうですか。わたしなぞには、やはり民族の犯罪は、民族の手で裁くのが、一番まあ、大きな声では言えないけれども、自然なように思えますがね。
小日向　いやあ、この際にわれわれの受ける屈辱感と、それとは別でしょう。特に、ああいうA級戦犯にかぎっては、やはり解放者の手で裁いてもらわにゃいかんもんでしょうな、特にA級戦犯にかぎってはですね。まあ、お互いの自己反省というのも、その辺が勘どころでしょうからな。
佐藤　お互いの、ですか。——ええと、ちょっと失礼して、わたしは、台長官舎へ顔を出して来ますから。

小日向　どうぞ。
佐藤　（真佐子に）頼むよ、君。
真佐子　はあ。

佐藤に座を立たれて、小日向も腰をあげる。

真佐子　（間に合わなかった茶を運んで来て）お席へ持って参りましょうか。
小日向　ここで貰おう。（立ったまま、茶をすする）

真佐子の机で、内線の電話のベル。

真佐子　（出て）もしもし、はあ、はあ。あの、官舎へいらっしゃるって、たった今、席をお立ちになりましたけど。はあ、はあ。はあ、承知しました。（切る。急いで出てゆこうとする。）
小日向　何んだい。
真佐子　あの、お呼び留めして、すぐ台長室へいらっしゃるように、お伝えしろって。（出てゆく。外で）先生。佐藤先生。
小日向　おかしいな。（机に寄って、内線の受話器をとる。）ええとね、総務部長さんのところは、何番だっけ。頼みます。——ああ、部長さんがおいででしたら、小日向だと言って、ちょっとどうぞ。——ああ、わざわざどうも恐縮です。（声をひそめて）つかん事を伺いますが、いま何かそちらへ、特別な情報でも？　え、耳が早い？　ははは。――ふうむ、そうですか、やっぱり。ははあ、けさの再審査でね。はあ、はあ。え、何項ですか？　ちょっと聞きとりにくいんですが、ええ、ＧＨのＧじゃなくて、ＡＢのＢですな。はあ、はあ、分りました。どうも、まことに。（切る。）

真佐子、ひき返して来る。
小日向、さりげない風に、自席へもどってゆく。
田代と中尾が、衝立の左へはいって来て、そのまま立ち話をしている。

職員２　どうでした。
中尾　（首をふって見せる。）
宅間　その方が、いいよ。
田代　（中尾に）じゃ、あとで。（出てゆこうとする。）
宅間　（呼びとめて）田代さん、あんただってな、社会党から立たせようって言い出したの。
田代　みんなの意見さ。
宅間　ふん。あんたんとこへね、選挙ポスタアのデザインなんか持って、官舎からよく相談に来るって、ほんとかい。
田代　うむ。なぜ？
宅間　執行部にいて、いいのかい、それで。
中尾　宅間。

田代　そう、はっきり言えばね、僕は、選挙事務長をやってくれっていうお話まで受けたんだがね。それは、お断わりしたよ。が、ポスタアのさ、名前の両側に書く標語ぐらい、相談にのって上げたっていいじゃないか。
宅間　いやだなあ、そういうの、ヌエ的で。
田代　ヌエ的？　まあ、あとにしよう。（行きかける。）
宅間　逃げるのか。
田代　逃げやあしないがね、公用以外は、職場を離れていたくないんだよ。（去る。）
宅間　（後ろから）びくびくすんな。
小日向　なかなかやるねえ。
中尾　宅間、少し気をつけろよ。こっちの申し入れが通らなかったのに、その方がいいって言うやつがあるか。
宅間　だって、おれ、無所属に賛成だもの。
中尾　先生はね、職域代表として立たれたんだろうが。だから、科学振興っていう建前で、予算をよけいに取るとかさ、たとえば災害防止っていうような、気象学の社会的な役割をね、はっきり代議士連に認識させるとか、いろいろやって頂くことがあるわけだろう。大衆を基盤にしないで、うまく行くか、それが。
宅間　へへん、人より政党か。けんど、基盤になる大衆の質が、問題だな。なら、なおさら社会党に限定することはねえさ。
中尾　それ以上が、八十島先生に望めるのか。抛っといてな、失礼な話だけれど、もっと右へ行かれたら、どうするんだ。
小日向　おい、おい、君らは、今ごろ何を争っておるんだ。前台長は、追放になられたよ。
中尾　え、ほんとですか。
小日向　うむ、いま総務部に確めてみたがね。審査委員会で、きょう再審査の結果だそうだ。
中尾　そうですか。
小日向　全然、まあ予想されんことでもなかったんで、G項ぐらいには考えてもおったが、君、B項とはねえ。
中尾　B項？
小日向　うむ。
職員3　よく分らんのですが、B項とG項じゃ、どう違うんです。
小日向　ははは、困るねえ、君らにも。G項のなかには、極端なる軍国主義的言動というのがあってね、八十島さんが、文部省の教学局から出された本なぞは、該当するとすれば、そのほうだろうがね。B項に極ったのは、大本営の――いや、これは、まあ預ろう。
宅間　大本営の何んですか。
小日向　やめろよ、その話は。礼儀としてもね。

一人ふたりの職員が、現業室のほうから来る。

職員1　ちきしょう、アイム・ハングリーだ。

職員2　ミー・チュウか。

てんでに、弁当をひらく。

小日向　何んだい、それは。
職員1　きのう、前を歩いてたパン助の真似ですよ。本格的になりやがったですね、やつらの英語も。
小日向　ふむ、ミー・チュウなどとはねえ。
職員a　（食べながら、bに）ゲッとなるわ。困るわねえ、お粉《こな》の配給ばかりで。

廊下で、ブザーが鳴り、遠近にサイレンが聞える。

職員b　ああ、厭だ。
職員a　なあに。
職員b　まだ胸さわぎがするのよ、あれを聞くと。

頭上のスピーカアが、語りはじめる。

スピーカア　（木琴《シロフォン》でするコール・サイン。）組合放送を申し上げます。組合放送を申し上げます。
宅間　重大ニュースか。

スピーカア　唯今から、昨日、退庁時間後にひらかれました委員会に於いて、Fノート対策につき、討議のうえ決定を見ました事項をお知らせいたします。Fノートと申しますのは、最近ドイツ駐在を終えて、極東空軍気象隊に転属せられたF中佐が、先月下旬、まず本台を訪ずれて、台内の諸設備、人員の配置などをくまなく観察せられ、つづいて横浜、銚子その他の測候所へも赴いて、同様の調査を遂げられた後、日本の気象官庁は、諸外国にくらべて冗員が多すぎるから、或る程度、これを整理すべきであるという旨の通達を、個人署名をもって、本台宛に送付せられたのを言うのでありります。われわれは、直ちに官側に、その原文の提示を求め、これを受けとるに至るまでの事情を詳しく聴取しました上で、昨日委員会にかけて、大略つぎのような結論を得ました。第一に、日本の気象業務がもつ特殊性は、はじめて見る外人の眼には、理解しがたい点も多いと思われますので、そういう誤解をとくために、緊急処置をほどこす必要があるということ。第二に、この件に関しては、官側とわれわれの足並みが揃わない限り、到底、所期の目的は達せられないのでありますから、双方の代表四五名ずつをもって構成する対策委員会を、至急につくらなければならないということ。第三に、これを機会に、一そう業務の整備を図り、他から非難を受ける余地をなくするために、官側との協力を一時的なものとせず、恒常的な経営協議会へ発展させる見通しをもつべきであることなどが、討議のうえ承認されました。日本の気象従業員の数を、他国のそれと単純に比較することは、意味をなさないのでありまして、高度に機械化されたアメリカなどの気象台とは違って、わが国では、殊に戦後は、設備と器材の不足を、人間の手で補っているわけであります。また気象学を含めた地球物理学の研究機関が、やはり外国と違って、各大学に確立しておりませんので、気象台自身がその基礎研究を行うために、一定数の専門家を常備しなければなりません。さらに大陸とは異なり、細長い列島にこまかく観測網を張りめぐらさなければ、わが国特有の風水害や地震の災害を防止することが出来ないという事情は、誰よりも皆さんがご承知のとおりであります。現在、気象台本台および各地の管区気象台、地方測候所に属する人員は、ギリギリの線で、この必要に應《こた》えているわけでありまして、外国の定員数の標準を、そのまま日本に当てはめることは出来にくいと考えます。われわれは、ぜひとも官側を鞭撻して、Fノートに対する正確な回答を極東空軍に提出せしめるように努力しなければなりません。次の委員会までに、各分会で必ず下部討議に附して、そこで出た意見を一とまとめにして執行部へ提出せられるよう希望いたします。以上。（マイクを切る音。）

職員a　——今の、勝又さんね。

職員b　もう一息で、名調子ってとこだわ。

宅間　バカ。何を、のんきなこと言ってやがるんだ。

職員3　ああ、露場で写真とってたやつだな。

職員a　そうよ、きっと。あたし、そこに立ってたら、撮っちゃったらしいわ。

小日向　（席を立ちながら）じゃ、その写真を持って来てね、まずこいつからやれって言うぞ。

笑い。

小日向　君らが、しっかりせにゃ駄目だな、これは。君らが、しっかりせにゃ。（出てゆく。）

職員1　分会の会合、いつだっけ。

職員2　明日だ。繰り上げるか。
宅間　さあな。

窓のそと、露場の柵のきわに、男女の職員が集まって来る。部屋を出て、これに加わる者と、立ち去る者。

宅間　あ、そうだ。(石鹸の包みをもって、中尾のそばへゆく。) 済みません。
中尾　(書きものをしながら) 何んだ。
宅間　さっきは、突っかかって。――これ、兄貴から。
中尾　兄さんから？　出て来られたのか。(うけ取って) あり難う。そんなら、話があったのになあ。
宅間　中尾さん、あんまり干渉してほしくないんだがなあ。
中尾　干渉する？
宅間　うむ、あんたが、おふくろに賛成する気もち、分るけんどよ。
中尾　冗談いうな。
職員2　(窓のそとから) 練習、どこでやるんだ？
宅間　どこでとは？
職員2　雨が降りそうだからよ。組合事務所も交渉してあるってな。
職員a　中尾さんも、出てらっしゃいよ。何、書いてんの？
職員b　ラヴ・レター？

職員c　知ってるわ、それ貰う人。
中尾　バカ。ニュースの原稿だよ。
宅間（衝立のそばまで行って）堀川君、出るだろう。
真佐子　ええ。（二人、外へ出る。）

合唱のリーダアが、職員4に伴われて、柵ぞいに来る。

職員a　あら、いま放送室にいた人が、もう来たの。——先生、いらっしゃい。
リーダア　やあ。
職員3　御苦労さま。——雨、降るかなあ。
職員4　降るさ。フレ通過、フレ通過って、どんどん電報がはいってるもの。何んだ、もう雲の土手が、向うに見えてらあ。どうする、みんな。
職員b　外のほうが、いいわ。
職員a　賛成。
職員c　春だもの。

笑い。

職員4　じゃ、皆さん、ちょっと聞いて下さい。いまの放送でも分るとおりね、あんまり楽観をゆるさないんだよ、情勢は。そんななかでね、週一回の定例に、こう集まりが悪くちゃ、仕様がないな。歌うたえるもんだけがね、自分たちの趣味でしてるんじゃ、何んにもならないんで、これでも組合費から予算もらってやってるんだろう。もっとサークル的でなくちゃね。ってのは、みんなと一緒に歌うっていう気もちが足りないんだな。バイブル・クラスの人なんかにもね、こっちの集まりのほうに、よけい魅力が感じられるっていう風でなくちゃいけないし、歌のうたえない連中にも、どしどし参加してもらいたいんだ。それには、芯になる人たちが、こう怠けていちゃだめだな。来週から、みんなで誘い合って、出て来てほしいね。

宅間　同感。いっそ出欠とったら、どうかなあ。

職員a　そうよ、先生にも悪いわ。

真佐子　でもね、今はまだ、同好的な集まりでいいんじゃないのかしら。出る、出ないは、勝手だってことにしとかなきゃ。

宅間　いやあ、抛っといたら、切りがねえよ。アーメン・コーラスだって、はっきり垣根を築いてるんだしな。

職員b　バイブル・クラスのほうじゃ、音痴コーラスって言ってるわよ、あたしたちのことを。

職員4　ははは、音痴コーラスか。

リーダア　じゃ、そんな悪口を言われないように、もっとしっかり勉強しましょう。先週プリントの渡った、この「カチューシャ」って歌ですが、ロシヤの民謡はね、たとえば、皆さんがよく御存じの、ヴォルガの舟唄ですね。雁のー、さーけびっていう、あの節《ふし》にもあるようなね、こう民族の苦悩を反映した独特の哀愁感に富んでいましょう。この伝統が、新しい社会の生んだ明朗な気分と結びついてですね、そこに、やはり独特のニュアンスを帯びた歌曲を形成して行ったわけです。この歌は、ブランテルっていう有名な作曲家の、一九四二年、つまり祖国戦争ちゅうの作品でね、村のおとめが、前線の恋びとに捧げる純情を、れいの民族的な調子で歌ったもんです。譜を見てください。フラットが四つついてますね。だから、このハニホへのへ、つまりFの音を、ラと歌い出せばいいわけですね。

真佐子　みんな、分って？　ラで始まってラで終るから、短調でしょう。Fモール、つまりへ短調ね。

リーダア　そうです。始めに、ソルファで、ええ、ドレミファでやって見ましょう。いいですか、二拍子ですよ。（うたう。）ラーーシ／ドーーラ／ドドシラ／シーミ《下》◯／はい。

合唱　（くり返す。）

リーダア　シーード／レーーシ／レレドシ／ラーーー／はい。

合唱　（くり返す。）

リーダア　ミーラー／ソーラソ／ファファファミレ／ミーラー／はい。

合唱　（くり返す。）

リーダア　ここは、頭に休止符がありますよ。◯ファーレ／ミーード／シミ《下》ドシ／ラーーー／はい。

合唱　（くり返す。）

リーダア　ええ、まあ結構でしょう。じゃ今度は、歌詞でうたって見ましょう。——（うたう。）リンゴの花咲き満ち……はい。

合唱　（くり返す。）

リーダア　川霧、立ちこめる……はい。

合唱　（くり返す。）
リーダア　水辺を歩むカチューシャ……はい。
合唱　（くり返す。）
リーダア　けわしい岸づたい……はい。
合唱　（くり返す。）
リーダア　違う、違う。（手を一つ鳴らして）けわしい――です。はい。
合唱　（くり返す。）
職員b　あ、降って来たわ。
職員c　ほんと。
リーダア　ええと、今度は三部に分かれますから、中間と下を歌う人だが、どうします、場所移りますか。
職員4　そうしましょう。皆さん、きょうは珍しく気象台の予報が当って……

笑い。

職員4　失言とり消し、雨が降って来ました。このまま、組合事務所へ移動して下さい。練習をつづけます。
職員3　O・K。
職員a　はあい。

その他の声。

降りまさる雨のなかを、コーラスの人びと、うろ覚えの節を口ずさんだりしながら、柵ぞいに駈け去る。

中尾、窓ぎわに立ってゆき、空を眺めている。

真佐子、濡れてはいって来る。

真佐子　（戸口で、誰かに）すぐ行くわ。（自分の机のほうへ行きかけて）中尾さん、お返しするものがあるのよ。

中尾　（窓ぎわで）ああ、ツルゲネフの詩集か。

真佐子　それもだけれど、あの、お引っ越しでね、官舎のじゃないのよ、うちのお引っ越しで出て来たもの。

中尾　何だっけ。ちょっと、君、ここへ来て見ろよ。乳房雲が、きれいに出ている。

真佐子　そうお。どうら。（並んで立つ。）

中尾　あの、向うへどんどん青空を消してゆく雲の土手ね、あの線と並んで、も少し手前に、ほら右から数えるよ、一つ、二つ、三つ、四つ。

真佐子　ああ、あれ。

中尾　前線が通るときね、寒気が下からもぐり込んで、暖気を押し上げるのをね、よく楔のように切り込んでゆくなんて書くから、こう三角になった模型を考えて、そのさきでフロントが地べたを這ってゆくように想像しやすいだろう。が、実際は、地面摩擦でね、フロント面が、進んでいく方向に逆にふくれて出るんだ。ちょうどその上あたりに、積乱雲が出来るんでね。あの乳房雲のへんに、さかんに、下降気流があるのが、ほら、見てても分るだろう。
真佐子　ええ、そうか、ただ、まあるく下がってるだけなのね。
中尾　何?
真佐子　(窓を離れながら) いいのよ。
中尾　ああ、もっと形が似てると思ったのか。
真佐子　中尾さん、あたしをかついだのね。
中尾　なんで?
真佐子　あたし、ツルゲネフの散文詩をね、始めっから終りまで読んでみたけど、寒冷前線の典型的な描写なんかなかったわよ、あんたの言った。
中尾　そんな筈はないがなあ。

二人、衝立の右の、真佐子の机のほうへ来る。

中尾　(卓上の詩集を手にとって) どら、どら。
真佐子　「鳩」って題のが、まあそれらしいんだけど、乳房雲のことなんか出てないわ。
中尾　そうかなあ。僕は、この本を外地へ持って行ってね。今日死ぬか、明日死ぬかっていうなかで、読んだもんだがね。こういう前世紀の作家がね、まだ専門家もフロントの概念を持っていない時分に、こんなに見事に描写してると思って、ひどく打たれたんだがなあ。それとも、幻想だったのかな、あれは。

遠い合唱が、また「カチューシャ」を練習しはじめる。

中尾　僕に返すもんて、何んだ。
真佐子　御免なさい、長いこと。やっと焼けあとへ帰れたわ（机の抽斗をあけ、ボール箱をとり出す。）これ。
中尾　ああ、そうか。
真佐子　川口の親戚に足かけ三年も……（つづいてアルバム様のものを取り出そうとして、見知らぬ手紙がそれに挿んであるのに、気がつく。）あら。（隠そうとする。）
中尾　見えちゃった。
真佐子　そうお。（手紙をとって、裏を返してみる。）無署名よ、裏は。（表書きを見せて）これ、誰の字だか、お分りんなる？
中尾　（うなずく。）――ちょくちょくあるのか、そういうことが。
真佐子　いいえ、始めて。――ほんとよ。

中尾、ボール箱の蓋をあけて、写真の乾板をとり出し、窓のほうへ透かしてみている。

真佐子　また。
中尾　何。
真佐子　思い出してらっしゃるのね。
中尾　焼いちまったなあ、焼かなくても済んだものを。
真佐子　ずるいわ。原爆で死んだ人のこと。
中尾　（無言。乾板を透かしてみている。）
真佐子　返したくない、それ。――嘘、嘘。そんなこと言うと、きょうまでわざとお返ししなかった
　みたいになるわね。
中尾　そうじゃないのか。
真佐子　ひどいわ。

合唱、つづく。

中尾　津久井さん、どうしたろうね。石狩の農学校なんかに行っちゃって。不勉強な生徒をつかまえ
　てさ、あの訥弁とも雄弁ともつかないレクチュアを聞かせてるんだろうなあ。
真佐子　何んの先生？
中尾　農業気象。
真佐子　そう。（自分も、アルバムをあけて見る。）これ、何んだか分らないのよ、あたし。きれいね、

真珠みたい。
中尾　霧粒《きりつぶ》の顕微鏡写真だよ。その、まあるく白くなってる部分が、顕微鏡の視野でね、難かしいんだ、それ撮《と》るの。デッキ・グラスに油を塗っといてね。霧んなかへさし出すと、油が表面張力で霧粒をそっくり包んじまう。それを、顕微鏡のレンズを仕込んだカメラで撮るんだがね。――やみそうだね、もう、雨は。
真佐子　ええ。
中尾　そうだ、あとでと言ってないで、すぐ津久井さんに送って上げよう。紐や紙があるかい、そこに。
真佐子　あるわ。
中尾　じゃ、君、荷造りしてくれよ。その間に、葉書を書くから。
真佐子　ええ。
中尾　（詩集とボール箱をもって、自席へもどり、葉書を書きはじめる。）これを出し旁々、神田へ本を見に行こう。
真佐子　（荷造りをしながら）ええ、だけど。
中尾　だけど、何んだい。
真佐子　話が遠くって。

中尾、書き終えて、また真佐子のそばへ来る。

真佐子　あのね、いっしょに歩くのが、あんまり眼立つといけないわ。グループの人たちにも。
中尾　じゃ、よすか。
真佐子　ううん。（席を立つ。）向うに、もう青空が見えて来たわ。

現業室の蔭にあると覚しい官舎のほうから、田代信子が傘をさして来る。

信子　（戸口で）こっちに居りません、田代？
中尾　ええと、事務所はコーラスに使ってるし、いれば現業室でしょう。
信子　そうお、ちょっと拝借。（真佐子の机に寄り、内線の受話器をとる。）もしもし、三十六番。――外へお出んなるとこだったの？
中尾　う……
信子　ちょっと待ってらして。（真佐子に）悪いわね。――（電話口へ）もしもし、そちらに、田代がおりませんでしょうか。信子です。すみません。（机を撫でて）なつかしいわ、この机。――（電話口へ）ああ、あんた？　あたし、非現業の部屋にいるんです。え？　まだまだ。トラックが来るの、夕方よ。あの、あんた、今よかったらね、官舎へ来て、八十島先生に会って上げてよ。理由？　言えないわ、電話じゃ。じゃ、ちょっとこっちへいらしてよ。ええ、大ありだわ、さっきの会見とね。じゃ……（切る。）
真佐子　ああ、きょうは、官舎のお手伝いにいらしたのね。
信子　ええ、はるばる中野の実験室から。

真佐子　どうですの、その後、御研究は。
信子　御研究だなんて、ふふふむ。
中尾　何んです。
信子　ええ、田代が来たら、いっしょに聞いて頂くわ。——あの人、さっきね、何んかよっぽどしつこく言いでもしたんでしょうか。先生が珍らしく大きなお声をお出しになっているのが、ほかのお部屋まで……

宅間が、左の入口からはいって来る。
遠い合唱は、とぎれては、つづいている。

宅間　（中尾の机の詩集を手にとってみて）何んだ、ツルゲネフか。もう練習に来ないのか、堀川君。
真佐子　用が出来たんだもの。それよか、どうしたのよ、出欠を採ろうっていった人が。
宅間　いいじゃないか、採らなくなったんだから。眠くって。（腰をおろす。）
信子　宅間さん、しばらく。夜勤だったの？
宅間　ううん、ゆうべ遅くまで本読んでたんだよ。
中尾　何を、そんなに勉強してるんだ。
宅間　量子力学さ。
中尾　量子力学？
宅間　昂奮しちゃって、寝られないな、ああいうもん読むと。

信子　どういうの、昂奮するって。
宅間　たとえばな、マイトナア女史が、ナチスに追われて、デンマークのボーアのとこへ逃げてくだろうが。そいでボーアがアメリカの学界へ行ってる留守に、何とかちゅうもう一人の弟子と討論してさ、ウラニウムの原子核に中性子がとび込むと、核が割れて、とてつもないエネルギーを出すっていうことを考えつくね。
信子　ええ、ええ、それで。
宅間　照れるなあ。ボーアが向うで聞いてさ、イタリーから亡命したフェルミやなんかと、二十四時間ぶっ通しに実験してね、それが原爆製造のきっかけになるだろうが。あん時、マイトナアが、逮捕寸前によ。金髪なんか振りみだして、国境線を突破してくれなかったら、戦争はどうなっていたかと思うと、読んでてもわくわくするな。
信子　宅間さん、あんた、マイトナア女史ってのをね、ふふふむ、堀川さんをドイツ人にしたような、若い美人だと思ってるんじゃないの？

笑い。

信子　うちへ遊びに来るといいわ、壁に写真が懸けてあるから。キューリー夫人と並べてね。千八百、ええと七十何年かの生れよ、マイトナアは。写真で見るとね、（頬へ手をやって）もうこの辺がダブダブになったお婆さんよ。

笑い。

信子　さもなきゃ、核分裂の研究で、あんな世界的な仕事が出来るもんですか、いくら外国の女だからって。

渡り廊下づたいに、田代が現業室から来る。

田代　何んだい、用って。
信子　いま話すわ。（眼で、宅間を指す。）
中尾　（宅間に）どうも、おまえが研究してるのは、量子力学じゃなくて、量子力学物語のほうらしいな。

笑い。

中尾　何度もいうが、基礎をやれよ、基礎を。戦争ちゅうに育ったもんの盲点なんだぞ、そこが。
信子　あんたも、気象屋になれそうもないから、組合屋で行こうっていう一人ね。
宅間　おっと、待ってくれ。その言葉は、そっくりあんたの旦那さんに返上するよ。
田代　（苦笑する。）
宅間　わしなんか、初めっから気象屋になれるなんて思っとりゃせんですだ。

笑い。

宅間　堀川君、コーヒー飲みに行かねえか。
真佐子　だって。
宅間　たまには附き合えよ、公平を期して。和製のフランソワズ・ロゼエんとこへ行こう。
中尾　じゃ、ついでにね、この葉書を小包といっしょに出して来てくれないか。
真佐子　そうお。（しぶしぶ受けとる。）
宅間　行こう。（真佐子を促して、去る。）
信子　佐藤先生のお使いで来たのよ、あたし。
田代　え、八十島さんが呼んでおられるんじゃないのか。
信子　結局はそうなるんだろうけど。あんた方の引きあげた直ぐあとだったのよ、審査会の結果をお聞きになったのが。でね、佐藤先生に仰しゃったそうよ、自分の修養が足りないばかりに、ああやって田代たちを追い返したが、こうなった以上は、なおさら気が済まないから、いっそ謝まりにゆこうかって、もう玄関までお出になりかけたのを、佐藤先生がお留めになってね、あたしに行って来いって仰っしゃったの。あんたが厭だって言うのは分ってるけど、やっぱり、厭？
田代　うむ。だって、公人として勧告に行っただけだろう、おれは。仮りに先生が非礼を詫びたいって言われたとしてもさ、今さら、おれ個人がなだめに行く手はないな。
信子　でも、ほかの場合とは、まあ違うわね。恩師なんて言葉は、ちか頃はやんないだろうけど、あんたの専門の最高の指導者って言ってもいいわ。そういう方との長い交渉をね、あんた、そんな風にして打ち切っていい？　組合の人なんかには、こだわらなくっていいと思うわ。
田代　おまえ、先生が何んでB項に該当されたか、知ってて言うのか。
中尾　そりゃ、僕も知らないな。
田代　先生はね、十二月八日の前の御前会議に出ておられるんだ。気象技術者を代表してね。週間予報、いや、もっと長期になるかな、とにかく予報の面でね、真珠湾攻撃のパイロット役をつとめられたのは、事実だね。
信子　ああ、そう。——じゃ、なおさら組合にこだわるわね、あんたにすれば。
田代　おれは、人に動かされてやしないよ。
信子　そうお。あたしはね、あんたの歴史は。人に動かされることの連続だと思ってるのよ。一種の連鎖反応でね、今に、とめどが無くなるわよ。
田代　ふん。
信子　中尾さん、どうしてこうなんでしょうね、この人。終戦後ね、ただのプロッタアでいて、勉強したいって言い出したんで、まあよかったと思ってたら、また今度は組合でしょう。あたしはね、あんた、ホワイト・カラアと文化人だけが、やたらと肩をそびやかしてるような運動は、どう考えたって変則だと思うわ。
田代　変則ならさ、なかへはいってって、是正したらいいんだ。傍観者が何をいったって、だめだよ。
信子　だいいち、そんな力が、あんたにあると思っているのが、おかしいわ。——ねえ、中尾さん、この人が外地から持って帰った研究テーマっていうのね。

中尾　ええ。
信子　まだ結婚前でしたし、あたし、養成所の女史専修科にもはいっていなかったんで、田代のくれる手紙の内容が、あの頃は、よく分らなかったんですけどね。沖縄のスコールとか、レイン・ベルトとか、それに二年もこの人、マレー方面にいましたでしょう。モンスーンが雨季と乾季を吹き分ける工合やなんかを、こまかく観測して書いてよこしましてね、これは、ノート代りなんだから、大事に保存しといてくれっていうんでしたの。あんた、あれが惜しいばっかりにね、ふふふむ、あたしと結婚したんじゃなかった？
田代　バカ。

笑い。

信子　でね、中尾さん、普通に、梅雨ってものをね、揚子江から日本へかけての特殊な現象として、南方の雨季とはまるで切り離して考えますでしょう。だけど、その両方の間にね、雨季としての、なんか共通のファクタアがあるんじゃないかっていう、この人のアイディアですね、あたしが言っちゃおかしいけど、あの、とても何んじゃないのかしら。
中尾　無論ですとも。
信子　だのに、この人、今度、気象相談所に廻されるっていうんでしょう。あのべたらに電話の番や、新聞記者のお相手ばかりさせられていちゃ、研究も何もありゃしないわ。組合だけで、たくさんなのに。

中尾　ああ、それはね、Ｆノート対策で、気象台の歴史を根本から調べようっていうことになったんですよ。きのうの委員会でね。相談所に廻って、その方のチーフになるるわけですね、田代は。

信子　あら、じゃ、あのテーマを、またあと廻しにするんですの？　なぜ、あたしに相談してくれないのよ。

田代　おまえは、何んでもおれに相談するのにね。

信子　いやんなっちゃうわねえ。あたしのほうもね、中尾さん、真空ポンプが高いからって、まだ霧箱もそなえつけられない状態でしょう。ああ、この間イギリスでね、中間子の転換が、写真乳剤のなかで撮《と》れたんですって？

中尾　そう、あれは大したもんですね。

信子　ああ、バルーンでもじゃんじゃん揚げて、あたしも、ダブル・スターかなんかを、みごとに撮影してやりたいなあ。

田代　それで、その撮影者として、科学史に名を残すのか。おまえの科学ってのは、それっくらいのもんだろう。

雨あがりの構内を、官舎のほうから、八十島前台長が佐藤と一緒に来る。

八十島　（戸口で）田代君、おいでか。

信子　あら、いらしちゃったわ。

二人、はいって来る。

佐藤　ああ、田代君、先生がね……

八十島　（とめて）自分で言いましょう。お聞きだろうが、何もかも御破算になったよ、田代君。君には、選挙事務長をやってくれんかなどとねだって、立場に困らせもしたようだし、ほかにもいろいろお世話になった。この際に、一と言謝意を述べたいと思ってね。

田代　（黙って、頭を下げる。）

信子　（椅子をすすめて）どうぞ。――（佐藤に）あの、あたくし、向うでお手伝いをしておりますから。

佐藤　御苦労さま。

二人、腰かける。信子、去る。
間。合唱は、いつか「木曾節」を歌っている。

八十島　静かだね、寒冷前線が通ったあとのこのルーエ、このしっとりとした気分が、たまらなく好きだな、わたしは。下手なコーラスが聞えるばかりで、都心部とは思えないくらいだ。知ってておいでだろうが、フロント面につかえて地上に這いもどって来る空気が、全体の動きと中和されてね、ぽっかりとこういう静けさが生れるわけだろう、激しい気流の争いのなかにね。戦後の社会のどこかにも、こんな調和がほしかったな。いや、悪い癖だよ、これは、わたしの。

田代　何が、お悪いのですか。

八十島　うむ、気象現象をアナロジカルに社会現象に結びつけたがるのがさ、ははは。成層状況が整ったときに天気が定まるように、社会も上下の階級がそなわって、初めて安定を得る。そういう筆法で、わたしは、八紘一宇の思想を肯定するようなバカな著述も、二つ三つしてしまったがね。どのみち、G項ぐらいは免れなかったろうな、負け惜しみじゃないが。ああ、中尾君。

中尾　はあ。

八十島　君のアドヴァイスにも、従うべきだったね。が、台長を辞める時に、あれほど君に勧められてもね、わたしはまだ余生を、過去の研究の整理に費すだけの決心がつかなかったよ。――何んだ、あの唱歌まがいの木曾節は。私は信州の山猿だか、あれは望郷の念とは、正反対の感情をそそるね。（席を立って、歩きながら）そう、今度、選挙事務所を引き受けてくれる筈だった岩上書店の岩上君のお父さんね、わたしは故郷で、ああいった先輩の啓発を受けて育ったもんだが、同級生にね、やはりわたしと一緒に、笈を負うて都門に遊ぼうとして、うちが豪農であったために、初志を貫けなかった男がいる。心ならずも百姓の生涯を送ったその男だがね、命旦夕にせまった時に、医者のとめるのも聞かずに病床から起きあがってね、その広い百姓家の一と間一と間の畳をふんで、こんな風に歩きまわったものだ。わたしは、国家の命令によって、二度と再び、この構内に立ち入ることを禁止された人間だ。しばらく、こうさせて置いてくれんか。

誰も答えない。

八十島　いけないかい。
佐藤　いいえ、何んとも、申し上げようがないんです。

新台長・矢吹が、露場の柵ぞいに、窓のそとを通りすぎようとする。

八十島　（見て）矢吹君。
矢吹　ああ、先生じゃありませんか。
佐藤　今ね、ええと、選挙のことで、田代君に挨拶に来られたんです。
矢吹　ああ、そう。（戸口へ廻って、はいって来る。手に、黄いろい表紙の英字雑誌。）先生、何んでしたら、官舎のほうで、ご一緒に食事でもと……
八十島　うむ、いま行きます。
矢吹　（佐藤に囁かれて、そのまま黙って椅子にかける。）
八十島　――がね、君たち、こうなったのは、わたしだけのせいだろうか。ここを、こんな官庁々々した、冷たい場所にしてしまったのが、わたし個人の責任だろうか。前々室長の立松博士の時代からね、われわれは、日本の気象業務が、どの役所より民主的に運営されているのを、誇りにしていたものだろうが。わたしは、勅任官の一係長として、何んの分け隔てもなく、百人ほどの予報係員のなかにまじって働いた。事変この方だよ、すべてが軍人流に改められて、部が出来る。課が出来る。以前は、掃除夫なぞまでが、自由に台長と立ち話が出来たもんだが、判任官から下は、もう台長室へは気軽に出はいりが出来んようなことに、見る見るうちにされてしまったろうが。そういう風潮に迎合したわたし自身が悪いと言われれば、それまでだけれどね、君らは分ってくれるだろう、わたしにしても、不本意で不本意でたまらなかったのだ。――それから見ると、矢吹君、君なぞは仕合せだよ。

矢吹　どういう意味で、仰しゃるんですか。

八十島　（椅子にかけながら）君は、戦争ちゅうにさ、唯物論研究会か何かで引っぱられた友人を、養成所の講師に迎えようとしたりして、主務官庁からは赤いと睨まれてさえいたくらいだ。今わたしの後任者として、戦後の若い人たちの要望を荷って立つことになって、君とすれば、さぞかし本望だろう。（相手を押えて）まあ、聞きたまえ。しかし、わたしは忠告して置く。矢吹君、図に乗っちゃいけないぞ。こういう特殊な技術官庁に、労働組合をそのままの組織が出来たということは、これは、君、歴史的な事件じゃなかろうかね。以前の留学先が、スカンディナヴィヤや、イギリスであったせいか、やはりわたしは、あっちで見たような協同組合的な団体が一番ここに適しているように思うがね。そう、今度、Ｆノートが出て、冗員陶汰が問題になるとすると、組合は黙っちゃいなかろう。共同で事に当るのはいいが、その際、足をすくわれないように、くれぐれも気をつけてほしいな。

矢吹　さあ、御期待に添えるかどうか分りませんが。先生、官舎へお供しましょう。さっそく訴願の手つづきなんかも執りませんと……

八十島　ふむ、余りジタバタしたくはないな。（矢吹が卓上に置いた英字雑誌に眼をつけて）それは、君、ロスビー博士の論文の載っている号じゃないか。

矢吹　ええ、持ち歩いているばかりで、まだ碌に眼も通しませんけれど……

八十島　中尾君あたりは、お読みかい。
中尾　はあ、一応は。
八十島　ジェット・ストリームか。まさかねえ、中緯度の偏西風が、あれだけの幅を、ただ、フラットに吹いていているとは、誰も考えちゃいなかったろうがね。ああいう豊富なデータを基礎にして、あれがところどころ絞ったような噴流構造になっているということを、アメリカ人に実証されてみると、一種の落伍感を味わわされるね、われわれは。常陸の高層気象台のね、一ッところの観測データぐらいにたよっていたんじゃ、とてもその論文のレベルには到達できない。そうだろう、中尾君。
中尾　はあ、残念ですけど。
八十島　こっちが、本場のくせにねえ、ははは。――さてと、こうしてもいられない。引っ越しの指図でもするか。（立ちあがる。）
田代　せんせい、せめて官舎までお送りしましょう。
八十島　よしたまえ、よしたまえ。追放者なぞにくっついて歩くと、お仲間にはじかれるぞ、ははは。
田代　（笑わずに）大丈夫です。
中尾　それほどでもないでしょう、皆んなも。
矢吹　だろうね。
八十島　そうか、あり難う。ほんとうなら、一緒にそばでも食って別れたいところだね。
佐藤　全くです。
八十島　（戸口で）濡れ土のにおいか。いっそ自転車で来て、構内を一とまわりすればよかったな。

四人、出てゆく。

宅間と真佐子が、左の入口からはいって来る。

合唱は、「黒き瞳」に変わっている。

宅間　なぜってよ、無署名にする必要があったんだもの。
真佐子　じゃ、公的なことなのね。今読んで見ていい？（机の抽斗をあける。）
宅間　よせよ、うちへ持ってって、読んでくれよ。
真佐子　ほうらね。いけないわ、そういうことにかこつけちゃ。――返すわね。
宅間　（素直に手紙をうけ取ってから）堀川君、おれ、君と中尾さんのことが、気んなって気んなって仕方ないんだ。グループの仕事も何も、手につかないんだよ、おれ。
真佐子　困るわね、そんなじゃ。でも、安心していいのよ、そのことなら。
宅間　だって、君たち、しょっちゅう会ってるんだろう。
真佐子　そりゃ、たまにはね。中尾さんも、苦しいらしいわ。あの人は台風が専門でしょう。台風の眼を扱ってるとね、よく分らないけど、計算に無限大が出そうになるんですってね。rって、何あに。
宅間　さあ、距離だろう、中心からの。
真佐子　ええと、r分の何とかの、rがゼロになるといけないんだとかって言ってたわ。だから、量子力学のね、無限大の扱い方を勉強して見たいっていうようなことでね、あの人、素粒子論グループや東大の人でやっている研究会にも、始終、出てるでしょう。あたし、中尾さんの顔を見てるとね、ああ、きのうまた、あの集まりに言って来たなって、すぐ分るわ。
宅間　どうして?
真佐子　頬がこけて見えるもの。知ってたわね、原爆で死んだ人のこと?
宅間　うん。
真佐子　じゃ、分るでしょ。あたしだって、そうよ。中尾さんと、お茶を飲んだり散歩したりするとね、三十分も一緒にいるうちには、きっと原子症状をした女の人の顔が出て来るの、二人の間に。——だから、だめよ。
宅間　ふうん。
真佐子　宅間さん、お郷《くに》のほうに、結婚の話があるんじゃないの、あんた。
宅間　それも、聞いたか。口が軽いなあ、あいつ。
真佐子　そんな風に言うもんじゃないわ。蔭で、とても心配してるのよ。おうちからも頼まれてるんでしょう。ああ、その話じゃね、加工屋っていうのが分らなかったわ、中尾さんにも、あたしにも。
宅間　加工屋——ってのは、おれん家《ち》みたいなんだ。とれた魚買って、ヒラキや丸干をこさえる商売さ。けんど、水揚げが少いから、手間にならねえんで、みんな納屋つぶして、石鹸場にしたりしてるよ。
真佐子　そう。じゃ、ええと、船元か、船元っていうほうが、格が上なの?
宅間　くわしく聞きやがったんだなあ。加工屋のなかでもビリッ尻の家《うち》の次男坊に、船元から娘くれるっていうんで、おふくろがあり難がってら。

真佐子　相手の娘さんを、知ってはいるんでしょ。

宅間　子供ん時だけだ。女学校に上りゃ、よその寄宿舎へはいっちゃうもの。子供ん時、船で踊るの見たな。

真佐子　あら、海へ出て踊ったりするの。

宅間　ううん、アグリ船を、ローラアみたいに丸太に載せてな、町じゅう曳き歩くんだよ、祭ん時に。むかしは、夏アグリてってな、大津の船が仙台まで行って、鰯といっしょに南下して来たくらいだからな、祭りも豪華だったよ。船べりに、魚の絵なんか描いちゃってな、大漁のノボリ立てて、山《だ》車《し》の代りに曳いて廻るんだ。

真佐子　ああ、その上で踊ったの。ロマンチックじゃないの。

宅間　からかってんのか、君。いまどき珍らしいけんどな、自由恋愛ひとつ行われない土地なんだ。家の格に縛られてよ。そんな習慣に、おれを従わせたいのか、君は。

真佐子　そうね、ごめんなさい。

宅間　堀川君、わかるだろう、おれの気もち。おれ、何もかも捨てちゃってるんだ。（机越しに、肩を抱こうとする。）

真佐子　何するのよ、お部屋で。

宅間　堀川君。

真佐子　だめだったら。（押しのける。）

男女の職員が、一とかたまりにはいって来る。

宅間、居たたまれない気もちで、出てゆこうとする。
廊下で、ブザーがなる。
宅間、引き返して透写台に向い、スイッチを入れる。

――幕――

4

時——敗戦から五年目の秋。秋霖の合い間の或る午後から、また降る夜へかけて。

所——営繕と家具の補充に、敗戦らしいスタイルの感じられる、2・3と同じ部屋。

人——官業関係の新たな立法にもとづいて、この職場の民主化の線が、あやうく断ち切られようとする局面に望んだ、前幕の人びと。すなわち——

矢吹台長　旧に同じ。
佐藤予報研究室長　前予報課長。
小日向予報課長　前調査係長
中尾敬吾　調査係長。
田代義孝　気象相談所主任。
田代信子　管区気象台観測課員。
堀川真佐子　予報課長附き。

宅間良夫　　退職者。
宅間の兄
職員1・2・3……

まだ降り足らなそうな、窓ガラス越しの空に、濠端の松が黒ずんで見え、露場の芝生も、素枯れたままに濡れそぼち、室内は、時間よりも暮れ方に近い感じである。

見慣れた佐藤の顔が、衝立の右から消えて、小日向が課長の席についている。隣りの机には、前と同じく、真佐子。

衝立の左で働らく群れのなかには、もう女子職員の姿が見えない。

小日向が、半身を真佐子の机に寄せて、話している。

小日向　そもそもね、君、三年前にFノートなるものが出た時から、ここはねらい撃ちにされとったわけだろう。あの頃の経営協議会なんかの調子じゃね、冗員淘汰となると、まず軍の転属者からやられる、それも位階の高い者ほど何だと思って、わたしなぞも、実は冷やひやしとったくらいだがね、はははは。
真佐子　（笑わない）
小日向　がね、去年、定員法で、あれだけの大量整理をやっちまったあとじゃあるし、いろいろ政治的な含みはあっても、今年のは、まあ、落穂拾いの程度だがね。で、ゆうべも君のところで話したとおり、部課長会議には、はっきり君の名も出ておるんでね。誓約書を書いて、やっと残れるかどうかという、すれすれの線だと思ってくれないと困るよ。

真佐子　はあ。

小日向　夜だいぶ遅かったんで、探すのに骨を折るかと思ったが、割りと眼につくタバコ屋だな、君んとこは。ただ、道がぬかってね。

真佐子　日曜なのに、うちへだけいらして下すったんですか。

小日向　いやあ、今度、君、中国のね、気象放送の暗号が変ったんで、きのうもそのお附き合いさ。中共だって、ここんとこ、暗号技術がぐんと高度になっておるようだからね、そう簡単に片づくわけがないよ。一日むだをして、歩きに出た帰りさ。

真佐子　朝鮮戦争のせいでしょうか。

小日向　何が。

真佐子　暗号の変ったのがです。

小日向　さあ、どうだか。

衝立の左で、届いた刷り物の冊数を数えていた職員が、配りに来る。

職員2　課長、「予報研究資料」が、刷れましたが。

小日向　どら。（うけ取って）今度は、プリントがきれいだな。数式に間違いはないかね。

職員2　はあ、やっぱり、ところどころ。

小日向　ええと、ああ、これこれ。この中尾君の台風の研究ね、こいつは読んどくといいぞ、君らも。
職員2　はあ。（席へもどる。）
小日向　欲がないなあ、あの先生も。
真佐子　中尾さんですか。
小日向　うむ、この、君、台風のコースが直線じゃなくて、大体、サインウェーヴを描くっていうやつは、大論文に書けるテーマだろうが。台内へ、プリントで流したくらいじゃ、勿体ないよ。君、ひとつ勧めてみんかね。
真佐子　あたしがですか。
小日向　うむ、勧める資格がありそうだな、君には。
真佐子　……
小日向　ふふん。でね、堀川君。こっちもこれだけ手を尽しておるんだから、君のほうもね、きょう指定どおりに誓約書を書いて来なかったことを、怠慢と認めてだね、明日までに出すか出さないか、はっきりしたところを聴かせてほしいんだがなあ。そう、退庁時間まででいいがね。書く意志がないのかね。全然。
真佐子　いいえ。
小日向　じゃ、どうなんだ。
真佐子　（無言）。

現業室の見える窓のそとが、騒がしくなる。

小日向　何んだろう、ちょっと見てくれ。
真佐子　（窓からのぞいて）あら、田代さんですわ。
小日向　田代？
真佐子　ええ、田代さんが、現業室へはいってこうとなさるのを、中尾さんが留めてるんですわ。もう一人は、重なって見えませんけど、ああ、佐藤先生でした。先生も、一緒んなって、留めてらっしゃるわ。
小日向　ふうむ。
真佐子　ああ、はいらずに、こっちにいらしたわ。――みなさん、多磨墓地へお廻りになったんでしょうね、遅かったから。
小日向　そりゃ、台長が行くんだからね、お宅の御法事だけじゃ帰りにくいさ。
真佐子　（窓を離れかけたが）あ、違いましたわ。現業室から、誰かをひっぱり出してるんですわ、守衛が大ぜいで。
小日向　何。（自分も窓へ寄って）誰だろう。（そとへ）佐藤さん、何んですか。

遠くで、佐藤の答える声。

小日向　ああ、勝又ですか。（うなずいて見せる。）
真佐子　そうだわ。

小日向　何んだ、また、田代のやつ。応援に行こうってのか。
職員2　（衝立のきわから）何です、課長。
小日向　なあに、被整理者が一人、現像室へあばれ込んで来たらしい。（そとへ見に出ようとする職員たちに）みんな、外へ出ちゃいかんぞ、外へ出ちゃ。

中尾、田代をなだめながら、衝立の左へはいって来る。つづいて、佐藤。

中尾　田代君らしくもないじゃないか。まあ、かけろよ、そこへ。（まわりをとり巻く職員たちに）何んでもないよ、仕事をしてくれ。
小日向　（佐藤に）勝又ひとりですか。
佐藤　いや、濠端に集まっておるようですよ、立入り禁止組が。
小日向　ほう、まだ何かやる気かな。
佐藤　でも、守衛が門を堅めておるようですから。
小日向　まあ、どうぞ。（机の向い側に招じる。）ええと、台長も帰っておられましょうね。
佐藤　いや、矢吹さんはね、墓地からじかに、劇場へ廻られたですがね。
小日向　劇場へ？　ああ、あちらさんの御接待か。なかなかお忙しいな、アメリカから帰られたばかりで。
田代　（中尾に）そりゃ、退職者をね、その日のうちに寮から追い出すなんて、ひど過ぎるよ。ああやって、みんなに訴えに来る気持はよく分るがね。

中尾　だからって、君がとび出す手はないな。
田代　そうじゃないよ。僕は守衛なんかに任しとかないでね。こっちだけの話し合いで、出てって貰おうとしたんじゃないか。やめてくれないかなあ、騒げば騒ぐほど、逆効果になるんだがなあ。
佐藤　（小日向と何か話していたが）中尾君、何というんだっけね、ほら――ちょっとこっちへ来ませんか。
中尾　はあ。（田代に）君も来いよ。きょうは、何を仕出来すか分からないからな。

田代、苦笑しながら、中尾についてゆく。

佐藤　（そばへ来た中尾に）ほら、さっき、君が外国の小説なんかによくあると言った……
中尾　ああ、土よ、誰それの上に軽かれ、ですか。
佐藤　そうそう、それだ。
小日向　どうしたんだね、田代君。
田代　はあ。
佐藤　（小日向に）雨に濡れた墓地のもみじが、非常にきれいでしてね。台長は、アメリカで訃報を聞かれたんで、きょうが始めてでしょう。白木の墓標に花をそなえて、長いことうずくまっておられる後ろで、わたしは、その中尾君に聞いた外国の言い廻しが、先生の場合、実にぴったり来ると感じておったんですがね。
小日向　そうですかな。

佐藤　そうでしょうが。訴願申請中だった追放者が、ここへ来て、一万人から解除になるなかで、先生だけは、その日を待たずに、死んでゆかれたんじゃないですか。手術後、一度退院されて、傷口をあけたまま胆汁をとっておられた間にもですね、奥さんのお話だと、今年の気候の偏差によく注意をされて、ひぐらしは何日早く鳴いたとか、萩は何日早かったとか、ええと、（中尾に）平年並みに咲いたというのは、何だっけね。

中尾　ああ、百日紅《さるすべり》でしょう。

佐藤　そうか。そういったことを最後まで口にしておられたと、まあ、いうような方がですね、なまじっか政治の部面にひき出されたばかりに、生涯の研究も何も、御自分の手じゃまとめ上げずに、ああなられたんだから、全く人ごととは思えませんな、わたしなぞには。

小日向　しかしね、見様によっては、幸福な方だとも言えそうですがね、八十島さんは。わたしは、ついぞ御新居のほうへは伺ったことがないが、お弟子たちが醵金して建ててあげたお家《うち》で、まあ一切の俗事を超越して、悠々自適されたわけでしょうが。

佐藤　さあね。

小日向　仮りに、あのまま台長の地位に踏みとどまられたとして、どうですか。去年の行政整理なんかには、本省関係の整理人員を、九割方押しつけられるような眼に会ったし、今年もまた、現にこのゴタスタでしょう。どっちかと言ゃあ、矢吹台長のほうが貧乏くじだったし、それだけにまた、適任だったんでもないでしょうか。どうだい、君たち。——その意味じゃ、佐藤さん、あんたも、お仕合わせだ。際どいところで、わたしと肩替わりをされて、研究一本になられたんですからな、ご希望どおり。

佐藤　そう言われると、少々異義をとなえたいが、まあ、よしときましょう。ほかの日じゃないですから。

笑い。

中尾　ええと、そろそろ時間ですがね。――現業の作業室だったね、旬日予報の会報は。
田代　うむ、そう。
佐藤　きょう留守ちゅうに、何か特別のデータがはいりましたか。
小日向　そう、あんたは、気圧の谷が、大陸から順調に動いて来て、そのまま東へ抜けるように言っておられたんですがね。どうもその移動が、だいぶ遅くなって来たらしいですな。従って、不連続線も南岸に停滞したまま、動かなそうだから、まだまだ天気は愚図つきますな。
佐藤　そうかなあ、どうも信じられないが、まあ、天気図を見てからにしましょう。じゃ、わたしは、ちょっと部屋へ帰って、メモをもって出席しますから。
小日向　済まんですがね、実はこれから総務部で、れいの会議があるんで――（真佐子に）誰か来たら、そう言ってくれよ。
真佐子　はあ。
小日向　――失礼しますがね。
佐藤　それは、残念だな、論敵を失って。

笑い。佐藤、出てゆく。

小日向　ああ、中尾君、今もこの人に勧めろと言っておったんだが、君、（謄写本に手を置いて）この台風の調査を、論文に書く気はないかね。予報課全体の功績にもなるんだがなあ。

中尾　さあ、あんまり書きたくはありませんね。

小日向　どうして？

中尾　功績になりゃいいですがね。わたしは、ただ航空隊の観測データを、丹念にアレンジしたばかりですから。

小日向　それはそれで、いいんじゃないかな。

中尾　とすると、結局、向うの飛行機の観測が、非常に精密だったってことを……

小日向　証明するだけか。なるほどね、そういうことになるのかね、田代君、君らのいう、民族の科学を守れってやつは。

田代　いや、問題が違いますよ、それとは。

中尾　ただ、われわれとすれば、台風のコースが蛇行するっていう事実をつかんでいさえすりゃいいわけでしょうね。永年《えい》変化かなんかで、ここ一二年、台風の北上型が多くなって来ましたでしょう。去年のデラでも、この間のキジアでも、あんなに予報が狂ったのは、まあ、そのせいもあるんでしょうが、たとえば、台風の近接時に、鹿児島なら鹿児島からはいる材料がですね、サイン・ウェーヴの細かい曲りだけをみている場合もあるでしょうからね。それを、そこで大きく転向するものと誤認して、関東へ来るとか、南岸を通るとかと思い込みさえしなけりゃよさそうですね。

小日向　そうか、じゃ、まあ、撤回しよう。（真佐子に）時間に、持ち物をとりに来るからね、もう一度。（意味をこめて）いいね。
真佐子　はあ。

小日向、出てゆく。

田代　課長も、サイン・ウェーヴかな。
中尾　うむ？
田代　こっちが優勢な時にはさ、この夏辞めた宅間なんかにまで御世辞を使っときながら、こうなると、みごとな右旋回だからさ。
中尾　いや、今度のカーヴで曲りっぱなしだろう。

笑い。

中尾　じゃ、行こうか。
真佐子　あの、ちょっと時間割いて頂けない？
中尾　何んだい。
真佐子　あたしね、課長の私宅訪問を受けたのよ。
中尾　ふうむ、いつ？

真佐子　ゆうべ、もう十時近かったかしら。お店で編物してたら、ピースを一つって言うんで、ひょいと見ると、小日向さんなのよ。で、上ってもらったら、誓約書と手記を書けって言うの。誓約書のほうは、明日の朝、つまり今朝までにって期限を切って、手記は、まあ、も少し遅れてもいいからって。

田代　手記って何んですか。

真佐子　ええ、あの、友人関係を書いて出せっていうんですの、ここ一年ぐらいの間のね。

田代　ほう、ちょっと前例がないね、それは。

中尾　うむ。

真佐子　とにかく、きょうは書かずに出て来たんですけど。そしたら、怠慢だって言ってね。じゃ、明日までに書く気があるかないか、退庁時間に返事を聞くって、今お席を立ったわけなのよ。眠れなかったわ、ゆうべ一晩。

中尾　だろうね。

真佐子　そりゃ、書くなって方針が、正しいには極まっているんでしょうけどね。そんなら、ここを離れて、あたしにどういう活動ができるかって考えてみると、ただがん張っていていいのかなあとも思っちゃうのよ。あたし、今んなってね、自分でもびっくりするぐらい愛情を感じてるのよ、この職場に。――叱られるかしら。

田代　僕が堀川君だったら、眼をつぶって書きますね。

中尾　手記もか。

田代　そう、書き様だな、それも。向うのねらいを外せばいいよ。

中尾　まあ、待てよ、ちょっと。
田代　——中尾君、君、こんな気がしないかい、ちか頃。何んかね、僕らがだよ……
中尾　うむ。
田代　このままのやり方をつづけてゆくのはね、台風の進路を、原子爆弾で変えようとするのに似ていやしないのかね。そりゃ、台風の前面なり中心なりで原爆を破裂させれば、何らかの影響はあるだろうさ。が、もともと台風と原爆じゃ、エネルギーのオーダアが一桁も二桁もちがうんだから、どのみち本質的な……
中尾　変化は与えられない、か。うむ、それで？
田代　つまりね、国家公務員法とか、人事院規則とかいうものが出来てしまった以上はね、君、組合の全国のほうみたいにさ、ただ未登録のままでがん張ってみたって、結局は、執行部が全滅して、事務所の強制立退きかなんかを喰っちまうばかりなんだろう。僕は反対意見を押し切ってね、東京支部だけ、人事院へ登録手続きをとったことを、ちっとも後悔しちゃいないがね、今でも。あれを、どう思っているだろうな。
中尾　いま濠端にいる連中がか。
田代　うむ。それに現業からさ、三課共同で出した要求なんか、職場に密着した大事な問題ばかりだったろう。惜しいよね、立退き騒ぎのついでに、そっちまで押しつぶされちゃったんだから。
中尾　しかしね、これまでのやり方が悪かったとすれば、それは、君、共同責任だよ。僕らも巻き込まれていたんだもの。堀川君のことでもね。僕は、あの連中にも充分納得させた上で書くなら書くほうがいいと思うな。

真佐子　それは、そうね。

田代　ふむ、じゃ、まあ、やってみるさ。

中尾　てっても、門の辺《へん》が緊張してるだろうから、このなかの誰が出てっても、まずいがね。（衝立の左をのぞいて）誰か、いないかな。（ふと窓のそとの露場に働いている信子を見つけて）ああ、いい人がいる。

田代　誰だい？

中尾　君の奥さんさ。

田代　引きうけるもんか、あいつが。

中尾　まあ当ってみるよ。（出てゆく。）

真佐子　（後ろから）済みません。

衝立の左で、内線の電話のベルが鳴る。

職員3　もしもし、ああ、係長か、いますよ。はあ、はあ、はあ。分った、伝えます。（切る。衝立のきわまで来て）あれ、係長は？

真佐子　露場よ。

中尾、露場で信子と立ち話をしている。

職員3　（窓越しに）中尾さん、作業室で、もう会報はじめるそうですよ、旬日予報の。
中尾　（そとから）ああ、いま行くって言ってくれ。
職員3　切っちゃいました。

中尾と信子が、衝立の右へはいって来る。

信子　妙なお役に立つものね、わたしなら、ちっとも警戒されないでしょうから、ふふふむ。
田代　それっくらいの用はしてもいいな、たまには。
信子　なあに、たまにはって。
中尾　まあ、君は黙ってろよ。
真佐子　お願いしますわ、信子さん。
信子　ええ。くやしいじゃないのねえ、去年の行政整理の時なんかでも、女子が第一目標にされちゃうんですもの。あたし、長いこと働いてたこのお部屋にね、せめて一人ぐらいは、女の方を残しときたいわ。

衝立の左で、電話のベル。

職員3　もしもし、うむ、いますよ。（衝立の右へ）係長、電話です、守衛所から。
中尾　守衛所から？　（出てゆこうとする信子に）信子さん、ちょっと待ってみて下さい。（電話口で）

もしもし、ああ、そうか。通して大丈夫だよ、その人なら。ええと、一度来たことがあるけど、部屋が分るかな。ちょっと聞いてみてくれないか。――信子さん、何んでもないです。(信子、出てゆく。電話へ)ああ、分るって。じゃ、頼みます。(切る。)

田代　誰だい？

中尾　宅間の兄さんだよ。

真佐子　ああ、そう。

田代　じゃ、僕だけさきに、作業室に行ってくるがね。堀川君、信子が帰ってきたら、電話かけてくれませんか、間で抜けて来ますから。

真佐子　ええ、すみません。

田代、渡り廊下づたいに、去る。

真佐子　宅間さん、どうかしたんじゃない？

中尾　まさか。あんなことをやっちまったんで、自分じゃ恥かしいから、兄さんが代りに挨拶にでも来たんだろう、上京のついでかなんかに。

真佐子　そんならいいけど。

宅間の兄、左の入口からはいって来る。

宅間の兄　御免ください。
中尾　（真佐子に）君も会うか。
真佐子　（首をふる。）
中尾　（衝立の左へ来て）やあ、いらっしゃい。どうぞ。（椅子をすすめる。）
兄　おふくろも一緒に来《き》させる筈でしたが、年寄りは気がちっちゃいんで、宿で待っとりたいと申すもんですから。
中尾　ああ、お母さんも出て来ておいでですか。
兄　はあ。――いつもいつもおんなじもんで、おかしいですが、ま、ちっとは改良もしましたから。
（魚油石鹸の包みらしいものを、さし出す）
中尾　どうか、もう、そういうことは。――宅間君、どうしていますか。
兄　へ？
中尾　元気でやっているんでしょうね。
兄　いえ、あのう、こちらさ伺えば、良夫の居どころが分るかと思って。
中尾　え？　帰らないんですか、お郷《くに》へ、あれから一度も？
兄　はあ、まるっきし音沙汰なしで。
中尾　そうですか。
兄　あの、寮には、何時っ頃までおりましたもんでしょうか。
中尾　ええと、そうですね。退職を申し出たのが、六月の末ぐらいでしたから、八月いっぱいはいなかったと思いますがね。寮の居住権は、退職後六十日なんですから。

兄　あの、退職を申し出たと言いますと？
中尾　え？
兄　いいえ、良夫は、このう、罷めさせられたんでなかったんで？
中尾　いいえ、自発的な退職ですよ。そうじゃないようなことを言ってやったんですか、手紙ででも。
兄　はあ。ま、それはどっちだっていいけんども、いよいよ様子が分んねもんなら、捜索願いでも出すほかないと……
中尾　捜索願い？　――（衝立の右へ）堀川君、ちょっと。

真佐子、そばへ来る。

中尾　宅間君と親しかった堀川さんです。
兄　（表情を隠して）よろしく。
中尾　聞いててくれよ。――実は、この夏の人員整理の時にですね。宅間君は、自分からリストに加えてくれって、課長に申し出たんですがね。
兄　ほう。
中尾　被整理者の名が、その月じゅうに発表されるって噂で、みんな緊張してた時でしたが、失敬だけれど、どこか気が弱いでしょう、宅間君は。それにね、本台系統の正規の教育を受けていないってことにも、かなり、まあ、ひけ目を感じていたようですしね、未決定の状態が長くつづくのに耐え切れなかったわけなんでしょう。わたしなどにも無断で、課長に退職を申し出てしまったんですが、みんなにそれをひどく責められましてね。(真佐子に) あれは、自分で取り消しに行ったんだったかね。

真佐子　ええ、そうよ。――あたし、課長附きをしておりますから、取り消しにいらした時のことを、そばで見てたわけですけど。そう簡単にいきませんよって、課長さんは、笑って取り合わなかったんですの。ああいう場合に、自分で希望したものを、リストから消すことが出来にくいのは、お分りでしょう。

兄　ああ、そんなことでしたか。

中尾　で、ほかの者が、辞令を拒否して闘っている最中に、宅間だけ退職金を受けとりましてね。(真佐子に) あれで、君、二万何千円かね。

真佐子　ええ、三万円には欠けるわね。

兄　ほほう。

中尾　それで、その金を、百円札の束のまま、じかにポケットに入れといてですね、円満退職だから、寮には、ゆっくりいられますでしょう。毎晩、仲間が退庁してくるのを待っていて、一緒に、神田から上野へかけての屋台を飲みあるいていたようですがね。

兄　ははあ、そうか。クビんなったのに、辞令に署名すんのを断わったんで、退職金は渡んなかったと書いてよこしたですがね。――これは、いかんなあ。

真佐子　あの、こんなことお話ししていいか分りませんけど、宅間さんはね、いっしょに飲みあるいた人たちに、ポケットからお札の束を出して見せちゃ、まだこんだけ残ってる、こんだけ残ってるって笑っているんで、あれが無くなったら、一体どうするんだろうって、みんなで心配してたんですの。（中尾に）言っていいかしら、ほら、行李のこと。
中尾　いいだろう、こうなったら。
真佐子　わたしも相談を受けたもんですからね、あのう、遺書かなんかがありはしないかと思って、宅間さんの留守のときに、行李をあけてみたんですけどね、それらしいものは見当りませんでしたわ。
兄　ああ、やっぱり、おふくろが来《き》なくて、よかった。

信子が、衝立の右へはいって来る。

信子　堀川さん。
真佐子　ちょっと失礼。（自席にもどって）どうでした。
信子　お話にならないわ、全然。誓約書を書く書かないが、問題じゃないんですってよ。
真佐子　そう。（内線の受話器をとって）もしもし、三十六番。（信子に）じゃ、何が問題だって言うの。
信子　反撃を、どう組織するかですって。
真佐子　（電話へ）もしもし、田代さんに、ちょっと予報課長室へ来るように伝えてくれません。はあ、お願いします。（切る。――信子に）反撃をね。
中尾　（その方を気にしていたが、宅間の兄に）ちょっと中座させてもらいますけど。

中尾、二人のそばへ来る。

信子　宅間さんが、どうかしたの。
真佐子　ええ、最悪の場合も考えられるわ。
中尾　そうでもないさ。

田代が、渡り廊下を来るのが、見える。

中尾　ああ、来た。
信子　今も言ったけど、お話にならないのよ。そうまでして、職場に根を残したって、そんなもん腐った根っこで、この先き、役に立たないって言うのよ。
田代　（座に加わって）うむ、やっぱりね。
信子　もっとも、地区の人がひとり来てるんで、自由にものが言えなそうだったわ。ああ、それでね、結局、堀川さんは、誓約書なんか書きやしないだろうから、課長が私宅訪問までして狂奔してるってことを、ビラに切ろうって、誰かが言い出したら、それがいいってことになっちゃって、切ってもいいかどうか、こっちの意見を聞いてくれって言われたんですの。
田代　バカだな、おまえは。ビラに切ったが最後、堀川君は助からないに極まってるじゃないか。堀川君、君、この事件をビラに切ることは、不賛成でしょうね。
真佐子　さあ、どうしたらいいのかしら。
田代　君、今はっきり、それは厭やだって言ってくれませんか。そうしたら、信子にもう一度言いに行かせますよ。
真佐子　そうね。わたし、誓約書の形じゃ、ほんとうは何んにも書きたくないわ。同じ内容のことを、口で言おうかしら。だけどね、そうすれば、やっぱり駄目かもしれないでしょう。そうなったらなったで、ビラに切ってもらってもいいわね。
田代　君、そんなことを言ってた日にゃ……
中尾　まあ、君、そう強制するなよ。じゃね、信子さん、堀川君が、誓約書の代りに、口頭で答えるっていうこととね、ビラに切るのは、その結果を見てからにしてくれっていうことを、すみませんが、もう一度はっきり伝えて、承諾を求めて来てくれませんか。
信子　じゃ、それでいいのね、堀川さん。
真佐子　ええ、どうぞ。
田代　ちょっと待てよ。さっき漠然とおまえを行かせたのが、悪かったんでね、おれの意見として、こういうことを言って来てくれよ。日本はね、外国とちがって、民間に気象観測の設備ひとつないんだからね、アマチュアを除くとさ。ここを離れたら、誰ひとり、気象学者としても技術者としてもやって行けないんだ。そりゃね、技術の点で、実はこの職場に根をおろしていない人、一生を気象学に捧げる資格のない人、そういう人は、どんな被害にも犠牲にも耐えられるだろうさ。しかし、ほかの者まで、それに巻き込もうとすりゃ、しまいにゃ誰も動かなくなるよ。日本の気象は、官業が独占してるっていう特殊性をね、君らは、まじめに考えてみたことがあるかないかって、聞いて来てくれよ。
中尾　君、そこまでは言わないほうがいいよ。ゆっくりやろう、それは。（信子に）じゃ、お願いします。

信子　ええ。（席を立つ。）

真佐子　すみません、何度も。

田代　そうか、じゃ……（信子といっしょに出てゆきながら）会議が済んだら、おれは相談所の方へ戻ってるからね、帰って来る時、窓のそとを、分るようにして通ってくれよ。

信子　ええ。

二人、入口を出て、左右に別れる。
中尾と真佐子は、待たせて置いた客のほうへゆく。

中尾　失敬しました。

見ると、宅間の兄は、透写台のそばへ寄って、手で、台のうえを撫でまわしている。

兄　（ふり向いて）この机の、電燈の具合が変りましたな。

中尾　ええ、蛍光燈になったんです。もうだいぶ前に。（燈をつけたり消したりして見せる。）

兄　ははあ、なるほど。

中尾　——あの、ぼくは、責任上、ちょっとでも顔を出さなくちゃならない会議があるもんですから。

兄　はあ、どうぞ、どうぞ。

中尾、現業室へ去る。

兄　今んなって思いますとな、あの筆無精が、ここから退《ひ》きたい退きたいって二度ばっか言ってよこしたのを、無理やり宥めたのが、いけなかったもんでしょうかな。

真佐子　まあ、そんなことがあったんですの。

兄　はあ。離れとりましたんで、良夫は、郷《くに》の事情にうとかったからでしょうが、せっかく始めた石鹼場も、競争で、共倒れに近いことになりましたんで。もともと、ありゃ、大観さんの別荘の辺にあった、陸軍の造兵廠から、ドラム缶さはいった固形の苛性ソーダが、大量に放出されたんで、偶然まあ始めた仕事だったんですが。

真佐子　何に使ったんでしょうね、苛性ソーダを。

兄　何んでも、風船爆弾に要《い》ったもんだとかって言いますが。漁のほうは、てんで水揚げがないんで、たまに加工したもんを、トラックに一台分、宇都宮辺まで持ってってみましてもな、上手に売っても、すぐ一万円ぐらいは、へっこんじまう始末でして。そんなで、初めは研磨剤の名目でつくれた石鹼も、仲間が殖えると、県の査定を受けねばなんねようになったし、税務署もやかましく言い出しましてな。もうはあ、うちなどでは、今いるもんが食ってくだけがやっとで、良夫に帰られたら、てき面に困るわけだったんですが。

真佐子　そうですか。

兄　それに、おふくろにすれば、格のいい船元のうちから、縁談をもちかけられてる手前もありましてな。

真佐子　ああ、どうなったんですの、あのお話は。

兄　いや、あれも破談になりました。今度のさわぎで。こっちからせっついた話でもあるし、これたことは、すぐと知らせてやりましたが、ああ、さっき伺えば、まだ良夫が寮におって、飲みまわっとった頃でしょうか。

真佐子　ああ、あの時分ですか。

兄　こらあ、やぱり捜索願いを出しましょう。

廊下でブザーが鳴る。

真佐子　ああ、あの、退庁時間になりましたけど、中尾さんもあたしも、まだ、ちょっと難かしい用事が残ってるもんですから。

兄　いえ、もうお暇しますが……

真佐子　いずれ、お宿のほうへ御連絡しますわ。――（そばの職員に）ちょっと、紙と鉛筆貸して、じゃ、これに、番地と電話番号を。

兄　はあ。（言われたとおりに書く。）

職員二、三人、現業室のほうから出て来る。

職員2　（帰り支度をしながら）降るかな。

職員1　もう、ぽつぽつ落ちて来たぞ。

兄　（紙を渡して）じゃ、ここですから。お邪魔しました。

真佐子　いいえ。

宅間の兄、降り出した雨のなかへ、出てゆく。真佐子、窓ぎわに寄る。

職員2　おい、直線コースで帰るだろう。

職員1　ううん、ちっとばかり忘我の境にひたって行くよ、万安の下のパチンコ屋へ寄って。

職員2　よせ、よせ。こう雨が降っちゃ、だめだぞ。

職員1　なぜ。

職員2　おまえ、パチンコと気象の関係を研究したことねえのか。雨降りがつづくとな、玉がはいらなくなるんだ。その代り、幾んちもお天気なら、オール十五へじゃらじゃらはいる。釘は、金属だからね、湿度や気温に敏感だよ。

職員1　そんな法則があるもんか。そこまで、一緒にゆこう。

職員2　うん。

職員1　見てろ、明日、光をやすく配給するから。（出てゆく。）

ガラ明きになった衝立の左へ、中尾がもどって来る。

真佐子　もう帰ったわ。
中尾　え？　ああ、宅間の兄さんか。——信子さんは？
真佐子　まだ。

遠くで、音階をくりかえす声。

真佐子　そうか、きょうは練習日だったわね。
中尾　出るのかい。君。
真佐子　ええ、これが最後かもしれないでしょう。

黒人霊歌の合唱が、遠くで始まる。

真佐子　「ポー・ボオイ」ね。厭やねえ、ニグロのスピリチュアルって。なんか敗北的な気もちを引き出されそうで。
中尾　うむ。

田代、左の入口から、濡れてはいって来る。

田代　信子、まだ帰って来ないね。もう、そこへ小日向さんが来たよ。総務課の人と、いま立ち話をしてたがね。

真佐子　そう。じゃ……（自席へもどろうとする。）

ぷつんと絃が切れたように、合唱、とぎれる。

真佐子　あら。

中尾　おかしいな、聞いてみようか。（受話器をとる。）もしもし、一〇三番。（真佐子に）席へ帰ってたら。

真佐子　でも……

中尾　（電話へ）ああ、あのコーラス、どうかしたの？　うむ、うむ、うむ。そうか、じゃ、あとで相談しよう。

田代　どうしたんだって？

中尾　コーラスもね、職場内集会と見なすそうだよ。総務課から、とめに来たんだとさ。

真佐子　そう。（自席へもどり、気を静めている。）

小日向、はいって来る。外套を、折釘から外して着込み、席について、書類を鞄に収める。

小日向　堀川君、どうするね。

真佐子　あの、あたくし、今、口頭で申し上げたいと思いますけど。
小日向　口頭で？　ふうん、そうか。
真佐子　あの、第一に、あたくし、どういう政党にも所属しておりません。
小日向　ふむ、それで？
真佐子　それから、国家公務員法に従うのは、公務員の義務だと思いますの。ですから、それに違反するような行為を、あたくし、絶対にするつもりはありません。
小日向　なるほどね。ふむ、それから？
真佐子　ただ、あの、勤務時間外の行動は、個人の自由だと思いますの。ですから、それを説明するような文章を書いて、あたくし、提出しなくってもよろしいかと考えますけど。
小日向　そうか。と、これはね、わたしが誓約書に書けと言った二ヶ条に相当することを、口頭で答えたつもりなんだね、君は。政党所属関係なし、と。
真佐子　はあ。
小日向　公務員法違反の意思なし、と。
真佐子　はあ。
小日向　但し友人関係については、こちらの希望するように、手記に書いて出すことも、また、口頭で答えることも拒否すると、こうだね。
真佐子　はあ。まあ、そうなります――でしょう。
小日向　ええとね。念のために伺って置くが、誓約書を出すなというような強制を、ほかから受けたりしちゃおらんだろうね。たとえば、構内へ立ち入りを禁止されておる被整理者やなんかからだがね。

真佐子　決してありません、そんなことは。

小日向　もう一度、聞きますよ。君は、書類にして捺印して出すのと、口頭で答えるのとが、同じ効果をもつと、こう認定しておるわけだね。書いて出す意志は、ありませんな、書いて出す意志は。

真佐子　はあ、あの、こちらの考えさえ、はっきりお伝えできれば、同じことだと思いますの。

小日向　よく分りました。じゃ、よろしい。（鞄をもって、出てゆく。）

真佐子、衝立の左へ来る。

真佐子　聞いてらしたわね。

中尾　うむ。

真佐子　だめよ、もう、あたし。

田代　――仕様がないな、あいつ。ちょっと見て来るから。出てっても、大丈夫だろう、もう。

中尾　そうか。

田代、左の入口から、出てゆく。

真佐子　意見が、まとまらないのね、きっと。

中尾　かも知れないね。

真佐子　（窓のそとから、誰かが覗いたけはいを感じて）あら。（窓へ寄る。）宅間さんじゃないの。
中尾　何、宅間？（窓から）はいれよ、眼につくから。

宅間、入口へ廻って来る。

真佐子　どこにいたのよ、あんた、今まで。
宅間　橋のところでな、君が出て来るの、待ってたんだ。
真佐子　そうじゃないのよ、きょうまで何処にいたかっていうのよ。
中尾　おまえ、郷《くに》へ帰らなかったんだってな。
宅間　うん、兄貴が、そ言ったろう。
真佐子　どうして知ってるの、兄さんが来たことを。
宅間　何でも知ってるよ、おれ。さっき、勝又が守衛につかみ出されたことも、グループの連中が、堀端にがん張ってることも、そいから……
中尾　会ったのか、みんなに。
宅間　常談だろう、そばへ寄ったら、唾でもひっかけられるよ。——君が出て来ると思ってな、時計塔の時計の針ばかり眺めてたんだ、遠くから。そしたら、コーラスが聞え出したんで、ああ、今日は練習日かと思ったよ。そしたら、また、やめちゃったろう、途中で。そいで、思い切って、はいって来てみたんだ、二度と足ぶみしないつもりだったけんどな。——中尾さん、わし、いよいよ郷《くに》へ帰ります。

中尾　そうか。そりゃいいな、じゃ、すぐ兄さんの宿へ行けよ。お母さんも、出て来ておられるんだぞ。（真佐子に）とにかく、電話で知らせて上げたら。
真佐子　ええ。（自分の机にもどり、外線の受話器を取ろうとする。）
宅間　待ってくれ。（駆け寄って、真佐子の手を押える。）知らせなんかして見ろ、どっかへ行っちゃうぞ、また。――（手をつかんだまま）堀川君。
真佐子　離して。（ふりほどく。）
宅間　――君たち、元気で闘ってくれよな。
真佐子　何を言ってるのよ、今さら。せめて、おうちの人たちに、心配かけないようにしたら、どう。嘘なんでしょ、帰るって。
宅間　嘘なもんか。
真佐子　じゃ、なぜ留めるのよ。
宅間　待てよ。わし、自分で、かならず行くよ。番地、教えてくれ。あんまり面倒かけてるとは思われたくねえんだ、君らに。
中尾　じゃ、おまえ、今そこで電話をかけろ。おれの見ている前で。
宅間　まだ帰ってないよ、兄貴は。
中尾　お母さんが、待っておられるんだぞ、心配して。

田代と信子が、左の入口からはいって来る。

田代　一度言いに来ればいいじゃないか、そんならそうと。
信子　すみません。時間に遅れちゃって。でも、みんなの意見がまちまちなんで、ちゃんとした返事を持って来られなかったのよ。
田代　僕が出てったらね、地区のストライキマンが、すうっと引きあげちゃったんだよ。やっぱり牽制されてたんだね。それで、書く書かないは、みんなの自由意志にまかすってことになったよ、ここまで来たらね。
真佐子　ああ、そう。グループの意見が崩れたのね。
田代　失敗したなあ。
中尾　うむ。――おや、宅間がいないな。

事実、宅間の姿が見えない。

中尾　堀川君、窓から見てくれ。（そとへ出て、また窓さきへ廻って来る。）しまったな。とにかく追いかけてってみるからね。来てくれ、君も。
信子　門衛に、電話かけたら。
田代　そりゃ、よくない。
真佐子　（手早く帰り支度をし、中尾の持ち物をもって、出てゆきながら）ごめんなさい、急ぎますから。

間。

信子　何んか言いたそうね。——分ってるわよ、聞かなくても。まだ、傍観者の気分がぬけないから、そんなヘマをやるんだ、でしょう。
田代　ふん。
信子　もっとあるわ。孤立したままで、婦人科学者になろうたって、おまえに何が出来るか、でしょう。行政整理でも始まってみろ、宇宙線実験室なんか、ひとつ溜りもなかっただろう、でしょう。
田代　よせよ。でも、割りによく動いたな、きょうは、感心に。
信子　恐縮ね。

矢吹台長が、ためらい勝ちに、右の入口からはいって来る。

田代　（ふり向いて）ああ、台長ですか。
矢吹　君たちだけ？
田代　ええ。
矢吹　さっきは、御苦労さま、墓地までつき合わせて。
田代　いいえ。
矢吹　もう騒ぎは収まったのかい。まだ濠端にいるのかね、みんな。
田代　さあ、この雨ですからね。
矢吹　疲れた。ここで、君、お茶は飲めないかね。

田代　（信子に）ああ、小日向さんの机にね、御自慢の玉露がある筈だよ。
信子　（抽斗をあけて見て）ああ、これね。（小さな茶筒をとり出し、大火鉢のそばに行く。）
矢吹　あれから、劇場へ廻ったろう、僕は。うちのフラウが、気が利かなくてね、気象台の矢吹様、矢吹様って、場内アナウンスで呼び出される始末さ。あっちの人の耳にもはいっちまったんで、心配して自動車を貸してくれたがね。
田代　そうですか。
矢吹　君らが見ると、どうなのかね。今の若手は。きょうの勧進帳なんか、版のズレた錦絵みたいな感じだがね。そうそう、向うの人の批評によるとね、このサブスクリプション・リストっていう芝居には……
信子　（笑う。）
田代　何が、おかしい。
信子　サブスクリプション・リストですか。たまらないわね、勧進帳も寄付金名簿と訳されちゃ。
矢吹　まあね、疑問の点が二つあるそうだよ。あれで、日本人は、関所を守るほうと、破ろうとする方の、力のバランスがとれてると思うのかって言うんだね。弁慶に押えられながら、四天王が詰めよるところなんか、それこそ人海戦術を想わせるほどなのに、番卒の方は、身なりも貧弱で、まるで無防禦に見えるんでね、バズーカ砲でも持たせてやりたくなるそうだよ。
田代　はあ、三十八度線ですか、安宅の関が。
矢吹　それからね、あれは、公務員法違反の芝居だって言うんだがね。
田代　え？

矢吹　ちょっと面くらったがね、僕も。つまりさ、富樫っていうのは、頼朝にペイされている国家公務員だろうってわけでね、それがプライヴェートな同情心から、義経のような潜行者を見のがすのは、怪しからんと言うんだね。
田代　はあ。
矢吹　（信子に）君は、旦那さんを待ってるの。
信子　いいえ、超過勤務ですの。雲の高さを測るお手伝いですわ、これから。
矢吹　ああ、サーチライトで、スポットを当ててね。
信子　ええ、ベース・ラインが長いほうがいいんで、庁舎の向う端まで行って、測量しますの。（茶を運んで来る。自分も、一口飲んでみて）あら、これは、先生、玉露じゃありませんわね。
矢吹　じゃ、何んだい。
信子　ギョですわ。

笑い。

信子　先生、あの、超勤手当の予算がもう無いそうで、今夜のなんか、サーヴィスですのよ。ふふふむ。（出てゆく。）
矢吹　気の毒だったね、君の奥さんも。せっかく宇宙線実験室へ送り込んであげたのに、業務縮小で、こんなことになっちゃって。
田代　いや、丁度いいんですよ、管区気象台の観測係ぐらいが。

矢吹　今度、君、アメリカへ行ってね、つくづく羨ましかったのは、レーダアを使ってることだね。れいのＭＩＴね、マサチューセッツ、インスティチュート、オブ、テクノロジーさ。あすこへ行ったのは、その日の真夜中にね、ハリケーンが、ケープ・コッドを掠めて、ボストンの沖を通りぬける前だったがね。ブラウン管の上にさ、二百マイルさきまで、雨の降ってる区域が、手にとるように見えるんだからね。――ああ、そう言や、君ね。（ポケットを探って、一枚のプリント刷をとり出す。）このアッピールに、覚えがある？

田代　（うけ取って）ええ、これは全国のほうで出したんですから、僕は、直接、関係していませんけれど。（終りのほうを見て）はははあ、おかしいですね。

矢吹　うむ、それだよ。組合名の横に、東京支部とペンで書いて、支部委員長の判が捺してあるだろう。もっとも、そのペン字は君じゃないらしいけど、判は君の判だね。

田代　さあ、始めてですね、こんな風になってるのを見るのは。この判は、まあ、書記が使えば使えますがね。――どこから、入手されたんですか。

矢吹　いや、それはどうでもいいがね。これを、君、英文に飜訳したのは、誰なの。

田代　僕が知る筈がないじゃありませんか。

矢吹　隠さなくてもいいよ。僕は、アメリカに行ってる間じゅう、英文になったこのアッピールに悩まされ通したんでね。ほら、ヨーロッパの上陸作戦を手伝った、長期予報のナマイアス博士ね、それから、れいのジェット・ストリームのロスビー博士とか、八十島先生に紹介して頂いたビャルクネスの息子さんとかさ、そういった一流の人にばかり、僕は会ってたんでね。そう、羽田に行くと、あるだろう。ああいう、アルミの紙挟みの一杯ついた掲示場が、どこの入口にもあってね、それに、この英訳がぶら下っているのを見るたんびに、君、どんな気持がしたと思う、僕が？

田代　そんなに、方々に行ってるんですか。

矢吹　向うの人はさ、日本の運動なんかのことは、ほとんど知らないと言ってもいいくらいだろう。あんな風に外国まで送ったアッピールが、僅か何百人の組織から出たものとは、まさか思わないだろうからね。当然、広汎な支持があっての、まあ、弾劾文だと、そりゃ君、誤解するに極まってるんで、弁解のしようがなかったね、僕には。ああ、それから、留守ちゅうに出た、君らのほうのニュースによると、この英訳は、ジョリオ・キューリーの手もとにも届いているらしいね、平和擁護委員会の。

田代　いいえ、それにも僕は、タッチしていませんが。

矢吹　そうかね。僕は、今度、パリーで開かれる国際気象会議にも出席することになりそうだがね、佐藤君やなんかとね。フランスで、また、ジョリオ・キューリーなぞに会いでもしたら、そう、アメリカの二の舞どころじゃなささそうだな。

田代　どうしてですか。

矢吹　だって、キューリーは、君、ああいう、はっきりした宣言を出して、原子エネルギー庁を罷免されたくらいの人だろう。

田代　さあ、アメリカの気象学者は、どうだか知りませんがね、ジョリオ・キューリーほどの人物になれば、仮りにこのアッピールに、多少、事実の誇張があるとしてもですね、それを引き算して、現在、気象台が置かれている状態を、正確に読みとってくれそうな気がしますがね。

矢吹　そうかなあ。しかし君は、これに、多少のかい、事実の誇張があることを認めはするんだね。

田代　はあ、まあ、そうです。僕個人としては、これは、われわれのやり方全体のなかにあった、行き過ぎの一つだとは思っちゃいますがね、しかし、政治とは、そういうもんじゃないでしょうか。台長も、上から圧力をかけられて、未登録のままだった、全国のほうを潰すにしても、現業の三課で出した、ああいう要求をふみにじるにしても、必要以上に冷酷な処置を執らされたんだから、いくぶん同情に価するなんて言っていた日には、みんなは押し流されてしまいますよ。

矢吹　そうだろうか。が、まあ、君がそこまで言ってくれれば、僕も、だいぶ心づよいがね。じゃ、君がね、誰にも拘束されない自由な立場からね、このアッピールのなかで、僕が部分的にこうむっている冤罪を、世界の科学者のまえで雪《そそ》いでくれる気はないだろうか。君とか、中尾君とかなら、そういうフェア・プレーをしてくれそうにも思うがね。

田代　と言いますと？

矢吹　つまり、このアッピールを、君らの眼で正確に見直した、もう一つのアッピールをね、この声明に対する、まあ、反声明を書いてほしいんだけどね。それを、僕は誰かに英訳させて、アメリカにも、フランスにも送りたいがね。——どうだい、田代君。

田代　いや、それは、はっきりお断わりいたします。

矢吹　どうして。世界にむかって、真実を伝えることが厭なの。

田代　いいえ、その是正は、僕なんぞの手ですべきじゃなくて、台長御自身がなさったらいいと思いますね。

矢吹　僕自身が？

田代　それこそ世界の科学者にむかって、堂々と自己主張をされたら、いかがですか。

矢吹　（無言。）

間。――露場の空が、サーチライトに照らし出されて、光りのなかにふる雨が美しい。濡れて働く人たちの姿と声。

矢吹　やはり僕は、敵以外の何ものでもないのかね、君なら君にとってはさ。

田代　さあ、どうでしょうか。たとえば、さっき門から飛び込んで来て、守衛につかみ出された男なんか、おとといの晩ずうっと、テレタイプ室で働いてたわけでしょう。ちらちら眼うつりのする、何万語っていう文字や数字と取っ組んで、一分間に三百字もの速度でタイプしながら、一字の見まちがいも脱落も許されないような仕事をつづけた揚句にですね、日勤者と入れ代ると、すぐ抜きうちに辞令が出て、寮からは、もうその晩出てゆけ、荷物は守衛にまとめさせる、それじゃ、あんまり乱暴すぎますよ。僕は、けさ前台長のお宅へゆく時に、神田橋の三角公園で夜明しをしたあの仲間に会いましたがね、女もいるんですよ、台長、そのなかには。みんな、寝不足と興奮で、血走った眼をして、ジャムも何もついていないコッペをかじりながら、歩いていましたがね。事情を訴えに、飛び込んで来るぐらいのことは、当然したいだろうと思いますね。

矢吹　さあ、それは、君、鶏と卵の関係みたいなもんで、どっちが先きとも言えないんじゃないの。

田代　でしょうか？

矢吹　あの仲間はね、台長室のドアを蹴とばしてはいって来て、机のまわりをとり巻いちゃ、僕んとこへ廻って来る公文書を、一つ残らず、横からひったくるような真似もしたしね、それから、まあ、僕が昼飯をくいに官舎へ帰るとするだろう。と、両側から僕を挟んで、くっついて歩きながらね、売国奴、売国奴って、口汚なく罵倒する。お互いに、時代とともに、立場もひらいていくんだから、争うべきことは、それこそ正々堂々と争ったらいいんでね、もう少し、態度がジェントルであってほしいと思うな、僕は。

田代　その点は、同感ですね、僕も。しかし、それは、やり方のおさなさ、態度の低さであって、だからって、管理者側が何をしてもいいってことにはなりませんね。

矢吹　一体、君たちは、僕に何を望んでいるんですか、この無力な僕に。僕が、台長であり、また台長でありたいと願う限りは、政府の命令どおりに動くほかはないじゃないの。僕はね、自由党の時代には、自由党の政策を黙って実行するし、社会党が政権をとったら、今度は社会党に忠実であるより仕方のない、一個の技術者に過ぎないんだからね。そうだな、仮にそのさきの世の中が来るとしたら……

田代　（黙って、相手の顔をみる。）

矢吹　絞首刑かもしれないな、僕なぞは。

田代　まさか。（笑う。ポケットから出したタバコの箱が空《から》なので、裂いて捨てる。）

矢吹　（バットの袋を出して）あるよ、こんなのでよければ。

田代　はあ。（手を出さない。）

矢吹　渇しても何んとかかい。

田代　いいえ、じゃ。（一本、抜きとる。）

矢吹　さあ、僕は、官舎へ帰ります。

田代　失礼しました、いろいろ。

矢吹、出てゆこうとする。

田代　台長、ちょっと。
矢吹　（ふり向いて）何んだい。
田代　あの、あなたが、このちっぽけな技術官庁の責任者であるばかりにですね、先きゆき、そんな刑罰まで予想なさらずにはいられないような世のなかを、台長、あなたは憎みたいとは思いませんか。
矢吹　そりゃ、僕だって――いや、僕も黙秘権を行使しようかな、誰かさん達みたいに。（去る。）
田代　（無意識に、指でタバコをちぎって捨てる。）

信子、帰り仕度で、はいって来る。

信子　まだいたのね。見に来てよかった。台長さんは？
田代　いま出てった。
信子　ごめんなさい、濡れててよ。（身をもたせかけて、唇を求める。）
田代　――いいなあ、おまえ独り、朗らかで。
信子　そう見えて？　いちばん絶望してる時にね、朗らかそうに見えることもあるのよ、人間てものは、ふふふむ。とうとう、管区気象台かなんかの観測係になっちゃったわ。——ねえ、帰りましょう。

田代　うむ。

信子　ああ、わが夢やぶれたり、か。（口ずさむ。）
Выходила на берег Катюша,
На высокий берег на крутой.

田代、黙って、ついてゆく。

——幕——

5

時——前幕から何日かあとの、晩秋らしく晴れた朝。

所——1におなじ。敗戦当時、海軍気象部分室の疎開していた建物は、持ち主の或る精神文化的な事業団の手へ返って、今は図書館になっている。

人——ひとりの自殺者をめぐって、ここに集まって来る、その家族、縁故者、警察関係の人びと。すなわち——

中尾敬吾　気象台技官。
田代義孝　気象台退職者。
堀川真佐子　同。
宅間の母
宅間の兄
警官。監察医とその助手数人。

行楽の人、図書館の閲覧者、子供の群れ。

建物の外壁の迷彩も洗い落され、柱列の奥、入口の脇にかかっていた分室の木札は、図書館の閲覧心得の掲示板に変っている。

落葉のたまった、階段から弧形の道のあたりを、中尾がひとりで歩きまわっている。建物のかげから、真佐子が、人を探すようにして、出て来る。

真佐子 （中尾を見つけて、小声で）中尾さん。——中尾さん。

中尾 （ふり向く）ああ、君か。やっぱり来たのか。

真佐子 ええ、だって。——あたし、裏道から座禅堂のところへあがって来てね、雑木林のそばを通ってみたのよ、今。ただの通行人みたいな振りをして。

中尾 そうか。

真佐子 そしたら、あなたの姿が見えないんでしょう。それで、こっちへ廻って来てみたの。——もう立ち会わなくてもいいの？

中尾 いいや、所持品検査の時にね、内ポケットから遺書が出て来たんだ。それにね、自分は、もうとっくに職場を離れたんだから、死後の始末については、そこの関係者に迷惑をかけるなって、書いてあったんだよ。絶対に辞退しろってね。

真佐子 まあ。

中尾 だから、ここでね、それとなく見送って帰ろうかと思ってたんだがね。

真佐子　あれ、お母さんでしょう、兄さんのそばにいるの。
中尾　うむ。
真佐子　何んか、お話しんなった？
中尾　もう探すのを諦めてね、一旦ひきあげようとしてたとこだとさ。
真佐子　そうでしょうねえ。あの、白い上っ張りを着てる人たちは、お医者さん？
中尾　監察医だろう、神奈川県の。

二人、階段に腰をおろす。

真佐子　長く、かかりそう？
中尾　判定がね、自殺か他殺かのさ、難しいと、手間がとれるだろうが――縊死だからね。見つけたのも、この図書館の小使いだそうでね、状況調書てったかな、警察の聞きとりも簡単に済んじゃったらしい。
真佐子　ああ、図書館になったのね、ここ。
中尾　そうのようだね。――びっくりしたろう、さっき電話かけた時。
真佐子　ええ、でも、当然来るものが来たって感じね。今まで、何処にいたのか、分って。
中尾　いいや、遺書が簡単でね。ただ、ゆうべあたり、文化映画を見たらしいね。プログラムを持ってたから。
真佐子　まあ、文化映画を。どこで？

中尾　渋谷でね。
真佐子　そう。（一方を見て）誰、あれ？
中尾　自動車の運転手が、ぶらついてるんだろう。
真佐子　自動車って。
中尾　ああ、裏から来たんだったな、君は。あすこの石段の下までね、監察医の自動車がはいってるんだ。棺桶を用意して来てね、遺族のほうに準備がなけりゃ、そのまま火葬場へ運ぶようになってるもんらしいよ。
真佐子　ああ、お棺がここを通るわけなのね。
中尾　そうさ。——やっぱり来ないほうがよかったろう、電話で言ったとおりにさ。（立って、その辺を歩きはじめる。）
真佐子　お天気が良すぎると、かえって厭ね、こういう時には。
中尾　うむ、旬日予報が外れちゃったな。
真佐子　気圧の谷が移動して来たのね。
中尾　そうじゃないんだ。オホーツク海のほうの高気圧が張り出して来てね、南岸のフレを追いやっちゃったんで、ブロッキングっていうがね、こういう現象を。冷えびえした天気が、二三日つづいて、また崩れるね。
真佐子　大丈夫？　この次ぎの予報は。
中尾　さあ、来週の会報には、多分もう出ないね、僕は。
真佐子　あら、どうして。

中尾　きのう、課長に内意を聞かれたがね、三島にやられるんだよ、今度。
真佐子　まあ、三島観測所へ？
中尾　二三んちうちに、辞令が出るだろう、早けりゃ。
真佐子　ひどいわねえ。——田代さんは？
中尾　うむ、ほら、誰かがアメリカへ送ったアッピールね、あの出どころを、だいぶ追求されたらしいが、それでどうってこともないだろうな、事実、当人は知らないんだし。
真佐子　そう。
中尾　当分お別れだなあ、東京の秋晴れとも。（歩きまわる。）

間。落葉。

中尾　うまく行ってるのかい、今度やろうって仕事は。
真佐子　ええ、まあ。急な話だったけど、神田周辺でね、職場の人を集めて、とにかくコーラスを組織しようってとこまでは漕ぎつけたわ。
中尾　そりゃ、いいな。
真佐子　ほら、あたしがね、誓約書を書かずに口頭で答えたあとでね、すぐグループの意見が変ったでしょう。あの翌る日にね、解職の辞令を受けとってからってものは、ほんと言うと、もう何をするのもいやだったのよ、あたし。それこそ謄写版を見るのも、鉄筆をいじるのもね。
中尾　そうだろうね。

真佐子　反撃をどうするかだってイキリ立ってた人たちのなかにもね、われわれのやったことに、成果なんかひとッつも無かった。あるとすれば、自分たちが間違ってたことを知っただけだなんて、そんなことを言い出す人もあるんでしょう。コーラスのほうの眼鼻がつきかけたんで、やっと、あたし落ちつけたのよ。
中尾　分るね。——（建物のかげへ、眼をやる。）
真佐子　来て？
中尾　ううん。
真佐子　あの、練習を禁止されてからね、すっかりファイトをなくしちゃってるそうね、みんなも。堀端で歌おうって提案しても、てんで集まらないいんだって聞いたけど、そう？
中尾　そうらしいね。
真佐子　ああ、そうか、信子さんのことね……
中尾　うむ？
真佐子　田代さんの今の話と関係ありそうね、あれ。信子さんが、人事課長に呼ばれたんでしょう、最近に。
中尾　知らないな、僕は。田代も、何んにも言わないし。そうかなあ、あの人が……
真佐子　いいえ、そっちの方の件でじゃないのよ。官側でね、アーメン・コーラスを復活させようとしてるんじゃないの？
中尾　そうか。困るねえ、立入禁止者のほうが、そう詳しくっちゃ。もっとも、ここ二三んち、自分のことで忙がしかったがね、僕は。

真佐子　それでね、顧問って名目だけど、人事課長が、中心になって動いてるらしいのよ。
中尾　ああ、それで、信子さんが呼ばれたのか。
真佐子　ええ、勧められたらしいのね、中心メンバアになれって、今度つくる方の。
中尾　なるほどね、あの人なら、前のとは無関係だったし……
真佐子　それに、音感もリズム感も、あのとおりでしょう。万一、引き受けられたら、たいへんだわ、有力なのが出来ちゃって。
中尾　そうだね。
真佐子　アーメン・コーラスはね、第一、そういう言い方がもういけないんでしょうけどね、讃美歌コーラスは、自然消滅の形にはなってるけど、あれはね、こっちのが文工隊的にガチャ張って、まあ、潰したみたいなもんでしょう。
中尾　うむ、まあね。
真佐子　その感情が残ってるとこへ、信子さんなんかをリーダアに持って来られたら、とても遣りにくいわねえ、こっちは。強敵よ。せっかく外につくっても、台内からの参加率が、ぐんと落ちちゃうわね、きっと。
中尾　だろうねえ。
真佐子　地区の人なんかもよ。だいぶ考えなおして、今度は地道にやってくれそうなんだけど。——あのね、中尾さんから、話して見て頂けない？　田代さんによ。
中尾　そりゃ、話しはするが、まさか信子さんだって、そんな——あ、そうか、田代の進退問題と絡むんだね、それが。

真佐子　そうなのよ。
中尾　まあ交換条件にはされないまでも、気分で責められるってことはあるだろうなあ。
真佐子　でしょう。
中尾　と、あのとおりの人だからね、旦那さんの統制に服さないで、引き受けちゃうかもしれないね。
真佐子　ええ。
中尾　そうだなあ。信子さんが、ああでないといいんだがね。
真佐子　どうして？
中尾　それだと、いっそ中心メンバアにさせといてね、君のほうにもはいって貰ってさ、いい曲目をだんだん台内にも持ち込むように出来るわけだろう。
真佐子　だって、そんなこと。
中尾　まあ、話してみよう。

間。落葉。遠い電車の音。

真佐子　中尾さん。
中尾　――うむ？
真佐子　何、考えてらした、いま？
中尾　別に、何んにも。
真佐子　嘘。――あのね、中尾さん。

中尾　うむ。
真佐子　去る者は日々に疎しっていうのに似た諺が、ドイツにあって？
中尾　ああ、あるね。
真佐子　どういうんでしたっけ。
中尾　仮りに、まあ訳してみるとね、眼から去れば、心から去る、っていうんだ。
真佐子　ああ、そうか。『ファウスト』にも出て来るの、それが？
中尾　うむ、宅間に話したことがあったな、そんなことを。
真佐子　いつ頃？
中尾　素粒子論の集まりに、よく出てた頃だったかな。なぜ？
真佐子　宅間さんが言ったのよ。あたしたちの記憶から、だんだんにね……
中尾　うむ。
真佐子　原子症状をした女の人の顔が消えていくのをよ、凝っと見守っている気もちは——ね、どう
　言ったと、お思いんなる？
中尾　さあ。
真佐子　絞首台にね、登る日を待つ罪人みたいな気もち——ですってよ。
中尾　ふうむ。眼から去れば、心から去る、か。——あ、来たらしい。

建物のかげから、宅間の遺骸が運び出される。
監察医が先きに立ち、警官につき添われて、助手たちの手で運ばれてゆく棺。棺のうしろに附きし

たがう、宅間の母と兄。

行楽の人らしい僅かな群衆と、子供たち。

中尾と真佐子は、棺のゆく方へ、ひそかな目礼をおくる。

宅間の母　（兄と何かささやき合い、小戻りにもどって来る。）あの、不しつけですが、堀川さんと仰しゃいましょうね、こちらさんは。

中尾　ええ、堀川君です。

母　（うなずいて、真佐子に）わたし、良夫の母ですが、倅が生前に、御無礼なことばっか致しましたそうで。

真佐子　いいえ、こちらこそ。

母　倅も、ああゆうに書き残しましたんで、言葉おかけしたら、御迷惑だかも知んなかったですが、一とこと御挨拶申し上げたくて。

真佐子　はあ。あの……

母　筆無精なやつでしたけんども、たまに寄越す手紙には、いつも堀川さん堀川さんて書いてありましたんで、はじめてお会いしたような気もしませんのですが……

宅間の兄　（離れた位置から）おっ母さん。（二人に）あの、遅れますから、失礼しますが……

中尾　ああ、どうぞ。

母　ごめん下さいまして。

母と兄、小走りに、棺のあとを追う。
足をとめて見ていた群集も、つづいて去る。
真佐子、階段の端にうずくまって、泣いている。
棺の去った小道から、一人ふたり、図書館へ来る人。

閲覧者のひとり　（階段をのぼりかけて）あの——自殺かなんかですか。
中尾　さあ、知りませんがね。

閲覧者たち、入口へはいってゆく。
自動車の動き出す音。

真佐子　——いけないわね、こうしてちゃ。帰りましょうか。
中尾　うむ。また人が来たよ。行こう。——おや、田代君らしいな。

田代、芝生の小道を来る。

田代　ああ、まだいたね、いま坂を降りてった自動車が、そうなんだろう、あの棺が。
中尾　うむ。よく来てあげたね。誰に聞いたんだ。
田代　課長にさ。（真佐子に）しばらく。

真佐子　（黙礼を返す。）
田代　きみが帰っちゃってたらね、ちょっとこの辺を歩いて見ようかとも思ってたんだよ。――ちょうどいい場所だろう。終戦以来の気持ちの締めくくりをつけたいんだからさ、僕は。
中尾　（相手を見る）
田代　――もう分ったろう。君に叱られそうなことをやっちまったよ。
中尾　あ、辞表を出したのか。
田代　うむ、そう。きょう退庁時間にって積りだったけど、来がけに出しちゃったよ。（常談めかしく）君の不在に乗じてね。
中尾　（無言。）
田代　堀川君、僕も、君とおんなじにね、課長の私宅訪問を受けたんですよ。
真佐子　まあ。やっぱり誓約書のことで？
田代　ええ。
真佐子　書くのがお厭だったのね、御自分じゃ。
田代　いや、そうじゃないんですが……
中尾　田代君、じゃ訊くがね、何んか僕なんぞの知らない事情でもあるのかい、君が辞めないと、誰かが迷惑するとでもいうような。
田代　いいや。ああ、あのアッピールのことか。あれなら、僕がどう突っぱねてもね、迷惑のかかりそうな人は、みんなやめてるよ、もう。
真佐子　信子さんは、どう仰しゃって？

田代　え、信子ですか。あいつは、あの調子ですからね。僕の進退についちゃ、ノータッチだって言ってますよ。
中尾　じゃ、君、ただ辞表を出したんだな。
田代　ただって言われると困るがね。とにかくさ、一緒にやって来た仲間が、ほとんど全部ああなったのに、僕だけ生き残るってことも、ちょっとしにくいだろう。支部の責任者でもあったんだし。
中尾　責任を言い出しゃ、お互いさまだよ。
田代　それにね、まあ聞けよ、またわれわれが何かやる時が来るにしてもさ、来るに極まってるがね、こうマークされてる僕が中心じゃ、何んにも出来ない。第一、することに、新鮮味を欠くからね。
中尾　何を言ってるんだよ、君は。人にはさ、配置転換で三島に行くのさえ我慢しろって言っときながら、自分じゃ誓約書一枚、書かないつもりか。ここで、どんな眼に合ってもさ、お互いの協力の線だけは守ろうって言ったのを、どうしたんだよ。僕に対する最大の裏切りじゃないか。エゴイストだなあ、君は。
田代　エゴイスト?
中尾　そうさあ。
真佐子　だめよ、中尾さん。
田代　僕はね、それとは正反対の気もちで動いたつもりだがね。君と僕とじゃ、責任の執り方が違ってもいいわけだろう。まあ、君はさ、富士山頂のつめたい空気にでも当って、しばらく頭をひやして来いよ。
中尾　嘘をついてるだろう、君は。君が、本心から、辞めていいなんて思う訳はないよ。そんなこっちゃね、いいか、ほかはどうでも、科学者としての責任が果せないってぐらいは、誰にだって分る筈だ。そこなんだぞ、問題は。おれの気もちをよく知ってるくせに、富士山頂へ行って頭でもひやして来いなんて、冷淡なことを言うなよ、あんまり。

真佐子　中尾さんてば。

田代　まるで分ってくれないんだなあ。それじゃ、話が出来ないよ。

中尾　さあ、君、すぐ帰ろう、一緒に。僕が口添えするから、すぐに辞表を撤回しろよ。

真佐子　そうよ、それがいいわ。

中尾　さあ、行こう、君。

真佐子　田代さん、そうして頂戴。

田代　今さら出来やしないよ、そんな真似が。くどく言うなよ。それより、あとのことを相談したいがね。

真佐子　ほんとに思い返して下さらない、田代さん。あなたまでそうなるんじゃ、あたしたちの払った犠牲は、みんな無駄よ。宅間さんなんかまでが殺されてるんでしょう。

田代　殺された？　宅間がですか？

真佐子　ええ。

田代　誰にですか？　官側にですか？

真佐子　ええ、まあ。

田代　堀川君、失敬だけど、僕は、そういう言い方が、いちばん嫌いなんですよ。なんかね、これまでのいけない方針が、あなたの口を借りて、ものを言ってるような気がするな。自分たちの弱点を棚に上げてね、責任の全部を相手に押しつけようとするやりくちが、僕は、見てて一番たまらなかったんですよ、今日まで。
中尾　何んだ、君、堀川君に八つ当りするなよ。
田代　そうじゃないんだ。堀川君、そりゃ官側はね、宅間が死ぬようにばかり仕向けたかもしれませんがね、自殺したのは、宅間なんです。そして宅間は、ほんとうは、自殺しちゃいけなかったんですよ。大事なものが脱けてますね、そういう言い方には。
真佐子　そうかしら。
田代　分りませんか。もし殺したっていう言い方をするんなら、別の面からは、僕らが殺したとも言えそうですね。僕なんぞのように、しょっちゅう疑問に思いながらも、ああいう方針に譲歩していた人間をふくめてですね、宅間は運動全体を信頼できなかったからこそ、僕らにあいそを尽かしたからこそ、あんな脱落もしたんだし、揚句にこうなりもしたんじゃないんですか。
真佐子　そうでしょうか。考えてみますわ。
田代　少なくとも僕なんかは、あの男に対して冷めた過ぎましたね、態度が。相手の無教養から来る無礼さに、いちいち腹を立てているバカもないですよ。だから肝腎なところで、救ってやれなかったんだ。（中尾に）そうだろう。
中尾　うむ。
田代　僕は、今、坂を下りてく自動車にむかって、心のなかで謝まったんです。
真佐子　（眼をおさえる。）
田代　中尾君。君、無理だよ。こんな気もちで、僕が職場に残れないくらい、分るだろう。

中尾　（無言。）
田代　――それより、あとのことだがね。どっかその辺に坐ろうじゃないか。
中尾　うむ。

三人、芝生の植込みのそばに、座を占める。

田代　ああ、そうか。
中尾　何。
田代　ここにこうやってるものがね、もう三人とも、本当にいられなくなったわけだね。
中尾　ほんとだな。
田代　堀川君　気もちを直してくれませんか、僕が言い過ぎたかもしれないけど。
真佐子　いいえ。よく分りますわ、仰しゃる意味は。
中尾　君、田代君に頼むことがあったんじゃないのか。
真佐子　ええ。あの、田代さん、信子さんがね、何か人事課長から相談をお受けになりゃしなかって？
田代　ああ、コーラスの再組織の話ね。
真佐子　ええ。
田代　あれは断わりましたよ、あいつ。
真佐子　そうお？
田代　適任者だからって、だいぶしつこく勧められたらしいですがね。やる気がしないんだから、仕方がない。それで悪けりゃ、クビにでも何んにでもして呉れって、れいの調子でやって来たようですよ。
中尾　そうか。よかったね、堀川君。
真佐子　ええ、安心したわ。
田代　何んですか。
中尾　いや、堀川君がね、地区で合唱団を作るんだがね、今度。そのほうに、ちょっと障害を来たすとこだったんだ。
田代　どうして。
真佐子　出来るだけ、台内からも来てもらおうと思ってるのに、信子さんがそっちのをなされば、強敵ですもの。
田代　そうですか、とんだ強敵だろうけど、知らなかったな、それは。でも、どのみち、手を出しませんね、あいつは。
真佐子　よかったわ、ほんとに。
中尾　どうなんだい、田代君、信子さんね……
田代　うむ。
中尾　この頃、だいぶ近くなって来たんじゃないのかい、君の考えてるタイプに。
田代　どう致しましてだ。あたしは、オブザーヴァに批判されるような、見っともない真似をした覚えはないなんて、うそぶいてやがるよ、あいつ。今度、組合が出来るときには、だから自分には新しい資格があるんだなんてね。

中尾　そうか。ちょっと痛いところだね、旦那さんとしちゃ。

笑い。

真佐子　でも頼もしいわ。
田代　あいつ、負け惜しみを言いやがってね。婦人科学者にはなり損ねたけど、婦人科学労働者になったからいい、その労働って字のふえたところが、すてきじゃないのだとさ。

笑い。——間。

中尾　（何か言いかける。）
田代　何んだい。
中尾　いやね、君は、今後どうするのかと思って。
田代　ああ、出来れば、当分、啓蒙的な面で働いてみようかとも考えてるよ、科学ジャーナリストとしてね。
中尾　そうか。
田代　それはいいが、君、僕が気象台生活をやめるに当ってね、その顔は、よせよ、もう、君に置きみやげをして行きたいんだが、うけ取ってくれるかい。
中尾　置きみやげ？

田代　そう。辞表を出したやつが、こんなことを言っちゃ、おかしいだろうがね、君、気象台みたいなところは、科学的に優秀な人間が、こう自然と官側に組織されちゃうふうに出来てるだろう。そういう人たちとも、なるたけ手をつないで行かなくちゃいけないんだろうが、僕は、われわれの仲間が、もっともっと育って行ってね、台内での科学的な発言権をつよくすることが、いちばん大事なんじゃなかったかと思うがね。

中尾　そりゃ、僕の言いたいことだよ。

田代　だからさ、官側の人に恥じない――って言うよりも、むしろ恐れられるぐらいの水準に、こっちがなって行ってね、その点じゃ、僕なんか不勉強すぎたがね、それこそ僕らを除いたら、気象台そのものの機能が阻害されるっていうようなことにならなくっちゃね。そうなってこそ、僕らが、この夏まで時計塔に出していた旗のね、民族の科学を守れっていう合言葉も生きるんだと思うがね。

中尾　同感だね。ねえ、堀川君。

真佐子　ええ。

田代　で、その置きみやげっていうのはね、君もよく知っている、僕のとっときの研究テーマなんだよ。

中尾　ああ、君が外地から持って帰った……

田代　そう、あれだ。っていうと失望されそうだがね、僕は、マレー方面に二年いて、モンスーンが雨季と乾季を吹き分ける工合を、まあ一応は見てきたわけだろう。がね、中緯度の偏西風が、あの幅で一様に吹いていると考えてた戦争ちゅうの頭じゃ、思いも及ばなかったようなことが、あとからあとから実証されたろう、ここ何年かの間にね。ジェット・ストリームがそうだし、それに、今年になっての中国の研究ね。どんな漢字を書くのか知らないが、ほら、Yeh っていう人のさ。

中尾　ああ、ジェットがヒマラヤのどっち側を通るかで、雨季と乾季が分れるっていうやつね。ロスビーの弟子だってね、あの人は。

真佐子　ああ、そう。

中尾　シカゴ・スクールにいたらしいね。

田代　ヒマラヤはさ、北半球のほかの山脈とちがって、ああいう工合に、東西に延びてるんだから、その南側をジェットが通るか、北側を通るかで、季節風が片っぽずつ遮られてね、雨季と乾季が交替するんだって言われてみると、なんか一度に謎が解けたような気がしたな、この眼で現地をみて来てるだけにね。

中尾　ははあ、それを君の持論に結びつけようっていうんだな、何んかの形で。

田代　うむ、勘じゃね、僕は始めっから、南方の雨季と梅雨との間に、共通のファクタアがありそうに思えて仕方がなかったんだがね。君、ヒマラヤの南のふちを通って来るジェットの径路とさ、梅雨前線がほぼ平行しているそうだね。

中尾　ああ、そうか。

田代　もともと、オホーツク海のね、ああいう背の低い高気圧と、小笠原高気圧の勢力が伯仲するから、梅雨前線が動かないなんていうのは、少々おかしいだろう。やっぱりジェットが壁の役目をするから、そのアンバランスがなくなるんじゃないのか。

中尾　ふうむ。いいアイディアだな。オホーツク海高気圧、プラス、ジェットが、小笠原高気圧と対抗するっていうんだね。

田代　君、よかったら、この研究を引き継いでくれないか。それで、その成果をひっさげてね、一日も早く三島測候所から帰って来てほしいんだがね。さっき君は、冷淡だって憤ったがね、富士山頂へ行って頭を冷やして来いって言ったあとでね、僕は、今のことを、君に頼みたかったんだよ。
中尾　そうか。——済まなかった。
田代　いや、当然、ああ言いたくもなったろうがね。——やってくれるか。
中尾　あり難う。全力をつくして見よう。
真佐子　中尾さん、きっと完成してね。富士山のデータも使えるんでしょう。
中尾　うむ。——しかし、雄大な構想だなあ。天気図の上に等圧線もひけないような地形が大きく東西に延びていて、その南側をとおるジェットが、或る時、北へ移る。と、日本列島じゃ、梅雨前線が崩れ出して、つゆ明けの雷《らい》が鳴るなんてねえ。
真佐子　ほんとね。
田代　——じゃ、そろそろ帰ろうか。
中尾　うむ。

芝生から弧形の道へかかった三人の頭上に、飛行機の爆音が近づいて来る。
三人、ふり仰ぐ。

中尾　そうそう、あの時分は、まだ高射砲を撃ってたっけなあ、偵察機に。
田代　ああ、僕が厚木へ行った時ね。

中尾　だけど違うもんだね。
田代　うむ？
中尾　見た感じがさ。
田代　うむ、五年前とはね。
真佐子　早く済むといいわねえ、朝鮮の戦争が。

――幕――

「日本の気象」についての対話
――速記からの要約――

久保　栄

B　（演劇記者）「五稜郭血書」の再演から引きつづいてのお仕事で、大変でしょう。

A　（久保）ええ。

B　「五稜郭」の千秋楽《らく》の日のカーテン・コールで、先生は、両手に抱えきれないくらいの花束《ブーケ》を持たされて、すこし迷惑そうなお顔で、舞台に立っておられましたね。あの時、何を考えておいでしたか。

A　私事にわたりますが、あの日（十二月二十八日）は、ぼくの誕生日だったのです。「民芸」とは、もうずっと前から協力する約束になっていたのですが、書斎の仕事で遅れて、それがやっと「五稜郭」で実現したわけです。あの挨拶のあと、幕がしまってから、ぼくが特別劇団員という形で参加することが、みんなに発表されて、誕生日の祝いをかねた記念品の寄贈を受けました。

B　何をお貰いになったんですか。

A　時計です。ストップ・ウォッチ兼用の。立ち廻りの稽古をつけていて、古い時計をこわしてしまったもんですから。

B　舞台に立っておられるお顔が、とても印象的だったんですがね。

A　それはね、小山内先生のことを思い出していたからです。二十――四年前になるのかな、先生の劇場葬を営んだのが、ちょうど十二月の二十八日だったんで、自分の誕生日が、先生の葬る日に当ったということに、何か因縁めいた感じを抱いたものだったんですが、戦後、新劇が軌道からそれて、先生の示された方向とはまるで違うほうへ行ってしまった、その失地回復を、いま第一歩から始めなければならないと考えていたんですよ、あの舞台で。

B　ああ、あのときの挨拶のお言葉からも、何かそういうものが感じられましたね。

A　手に持たされていた花束からの連想もつよかったんですね。先生のお葬式のときは、築地小劇場の舞台が、お棺をかこんで花で一杯になったんです。今は跡かたもないけれど、場所も、新橋演舞場からは、そう遠くないところでしょう。

B　ああ、そうですか。滝沢さんが、先生の挨拶のあとで、この「五稜郭」の公演を、ある意味での新しい出発点として、いい芝居をつくってゆきたいって言われたことも、それと考えあわせると、よくわかりますね。

A　もう一つ、あのとき、頭にあったのはね、「日本の気象」の準備に、本腰を入れ始めたのが、おととしの誕生日のあくる日からだったんですよ。量子力学や気象学の勉強は、だいぶ前からしてはいたんですがね、おととしの誕生日に、ぼくの教え子たちがシャンパンを持って来てくれて、乾杯したあとでね、気象学者やその関係の勤労者を中心にした戯曲に、いよいよ明日からとりかかろうかと思っている、明日、ある気象学者に会ってみて、その決心がつくかどうかだっていう話をした覚えがあります。

B　先生の量子力学の先生は、武谷三男さんだそうですが、気象学の先生は、誰れですか。

A　ええ、まあ、名前は預りますが、「中央気象台」の内外に、何人かの気象学者を知ってはいます。

B　今度のお作は、気象台をモデルにしたものなんですね。題名からも推察できるように。

A　いや、そういわれると、迷惑しますね。ぼくは、「日本気象台本台」という仮構の職場を、作中に設けたのです。ただ困るのは、日本では気象業務を官業が独占していましょう。民間の気象施設というようなものを仮りに設定してみても、リアリティが稀薄で、描いてゆけませんね。で、何となく、シチュエーション（劇的境遇）が、中央気象台に似てはきますが、実在のそういう技術官庁を「直写」したものでないことを、この際、念のために言っておきたい気がするけど。

B　なるほど、そうですか。ぼくは、「日本の気象」のビラやなんかから想像して、気象台の組合運動を描かれたもののように思っていましたが。

A　いや、観念左翼の書くようなストライキ劇は、ぼくはまっぴらです。むしろ、その逆でね、組合運動にたいする基本方針の間ちがいが、職場に与えた実害というようなものも、節度を守りながら描いてゆきました。そういうことがらに触れることを何かタブーのように心得て、極力避けて通ろうとする態度が、一部の盲従的な左翼作家のあいだにあるようですが、リアリズムを追求するかぎり、そういう無反省なゆき方は許されませんからね。戦争の破壊力が、科学、この場合は気象学におよぼした作用と、それにたいする反作用といったようなものが、作の根本的なテーマなんで、一部の観念的な人だけが喜ぶようなストライキ劇では、決してありません。

B　戦前、「火山灰地」が初演された時代のことを、僕らが知るはずはないのですが、あの時書かれた「こういう戯曲は書きたくない」という文章ですね、あれを読むと、後進者としていろいろ啓発されるところがあるんですが、今度のお作について、ああいうものをお書きにはなりませんか。

A　いや、初日までの時間がせまってもいるし、体も悪いしで、何んにも書けそうにありません。稽古場には、いま朝から夕方までいるのですが、虚勢を張って、なるべく体のコンディションを人に知られないようにしているのです。ただし、猛稽古ですよ、例によって。

B　では、何か「日本の気象」を書かれるについての作劇上の根本態度といったふうなことを、いま輪郭だけでもお聴かせ願えませんか。

A　そうですね。ぼくは、世紀後半的でありたいと思っていますね。

B　世紀後半的？　二十世紀の後半という意味ですね？

A　ええ。

B　と、それは、世紀前半的ではありたくないというような意味をふくんでいるのですか。

A　ええ、そうです。といっても、ちょっとひと口には説明しにくいけれど、まあ、今世紀の前半までで、小市民芸術が袋小路のどんづまりまで行ってしまっている。その一方で、まだ勤労民衆的な芸術は、きわめて端緒的な段階を彷徨している。世紀の後半にはいると、小市民芸術の頽廃化、病理学化、アブストラクト化の傾向は、いよいよ崩壊現象を深めてゆくでしょうし、それにたいして、勤労者的な芸術は、世紀の前半で、多少ともそういうものから受けていた悪影響をぬけでて、堅実に育っていくでしょう。その線にそって、仕事をしてゆきたいという意味です。「日本の気象」一作には限らないことですが。

B　何んか、わかったような、わからないような気がしますが。

A　芸術にたいする新旧の観念なぞも、いまかなり広い範囲で錯倒していると思うんです。絵を例にとりますとね、日本の画学生なんかのなかには、基礎デッサンを少しもやらないで、やあピカソだブラックだって騒ぎまわっているのがありますね。その一方には、また「大衆路線」という言葉をはきちがえて、中国では、版画ばかりつくっているように言う人がありますが、新中国の画家たちは、もう本格的なタブローを描きはじめていて、大体の傾向は、人民的な主題画で、いわばレーピン、スーリコフの線をうけ継ごうとしていますね。いま言う日本のプチブル的な画学生どもに、その画を見せたら、なあんだ、古いなあって言うでしょう、きっと。だけど、古いのは、世紀前半的なのは、そういう日本の画学生たちなんで、中国の画家たちは、世紀後半的な方向の、少なくとも出発点には立っているわけでしょう。

B　と、先生は、新中国の文芸が暗示するような方向をお考えですか。

A　いや、新中国の猿まねをする一部の人たちには同調できませんね。あっちの言葉に、「全般洋化」とか「西洋教条」とかっていうのがありましょう。「すべてを欧米化する」っていうゆき方は、初期の段階には必要でしょうが、今は、もう民族独自の形式の追求ということを離れて、新しい芸術の質を考えることはできませんね。「西洋教条」としてではなくてね、僕らは、外国の古典的・近代古典的なリアリストが、それぞれの時期の科学的到達点に助けられも妨げられもしながら、しかし直観的に正しく世界像をつかんで書いた作品の本格的な骨法を学びながらですね、民族形式とか現代的感覚とかいうものを、それと融かしあわせて、新しい合金をつくってゆくべきなんでしょうね。

B　でも、先生は、これまでも、その方針でひとすじに歩いてこられたんじゃないんですか。

A　ええ、ですから、世紀後半的などというのは、今さらめかしいかもしれないんで、いつもの心構えで「日本の気象」を書きましたし、演出しますと言っておけばいいのでしょうか。

（『久保栄全集』第七巻　三一書房　一九六二年三月刊より再録）

上演記録

日本の気象　五幕　解題

一九五三年五―六月、劇団民芸により、東京、大阪、京都で上演された。戯曲は「新潮」六月号に掲載され、同月単行本になった。戦中から戦後にかけて書かれた「林檎園日記」、五六年の放送劇「博徒ざむらい」をのぞいて、厳密な意味では、これが久保の戦後唯一の劇作であるといえる。

ロマン制作のためにまる四年間舞台の仕事からはなれていた久保は、一九五一年、「のぼり窯」が一段落したところで戯曲にとりかかった。直接のきっかけになったのは、「新潮」編集長の「ドラマを息つぎに書けという新しい話」（第11巻、日記一九五一年一月三一日）であった。そして七月に「のぼり窯」第一部を書きあげると、戦後の農村を扱った戯曲の執筆を考えもしたらしいが、その秋には気象台を舞台にすることをきめて、病み上りの一二月末、気象関係者とも会って材料の蒐集をはじめた。あけて五二年一月の日記には、「『のぼり窯』第二部を、少なくとも百枚、それに二百枚見当の戯曲を九月いっぱいに仕上げるとなると、今年はよほど勤勉でなければならない。」（一日）、「ことしは、毎日を僕式の午前と午後に分け、『窯』第二部と『日本の気象』の仕事を正確に同時進行させなければならぬ。」（一〇日）と書いている。

かねてから久保に戯曲の執筆を依頼していた劇団民芸では、久保のこの新作を五二年秋の公演（一〇月二〇日初日）に予定していたのだった。しかし、その年のはじめのうちを調査にあてていた久保は、五月ごろから執筆しはじめたらしく、九月には第二幕までしか出来ていなかった。民芸の秋季公演は八住利雄の新作になったが、年末の新橋演舞場公演に三好十郎の新作が予定されていたのも実現せず、このかわりには、急遽、久保自身の演出で「五稜郭血書」が出ることにきまった。この演舞場公演の千秋楽の日に、久保は民芸の特別劇団員になったのである。こうして「五稜郭血書」に約二ヶ月をさいたあと、五三年三月はじめに自作「こわれた瓶」のラジオドラマ脚色・演出をはさんで、「日本の気象」の脱稿は四月中旬になり、すぐ稽古にはいった。舞台監督の台本によれば、カットは原稿用紙（四〇〇字詰）約五枚分ほどである。

この作については、「レアリズムひとすじ」、「『日本の気象』についての対話」（いずれも第7巻）などを参照されたい。

本文二八五頁九行目〈そのまま、〉の次に〈先頭機が〉を挿入し、〈その輸送機の腹に、〉を〈さすがに輸送機はそうもしなかったけど、その横腹に、〉とした久保自筆の訂正本があるが、ここでは底本のままにした（内山鶉）

劇団民芸　公演

一九五三年五月二一～
　六月八日　第一生命ホール
同　六月一二～一八日　大阪　毎日会館
同　六月二〇～二一日　京都　弥栄会館

■スタッフ

演出…久保　栄
装置…伊藤熹朔
照明…穴沢喜美男
音楽…吉田隆子
効果…園田芳竜
演出助手…早川昭二　小林吉雄
　和田　円　渡辺マサ
舞台監督…水品春樹
監督助手…荻野隆史

■キャスト

宝生中佐――――大森義夫
津久井技師――――山内　明
中尾敬吾――――宇野重吉

田代義孝――滝沢　修
宅間良夫――佐野浅夫
堀川真佐子――奈良岡朋子
予備学生1――福田秀実
　　　2――田口精一
男子技工士1――下元　勉
　　　2――中野孝治
　　　3――斎藤雄一
女子技工士a――田中敬子
　　　b――中西妙子
　　　c――川村純子
電話交換手――岩崎ちえ
　　　斎藤美和
八十島台長――清水将夫
矢吹予報部長――伊達　信
佐藤予報課長――大滝秀治
田代信子――佐々木すみ江
小日向――芦田伸介
沢村――宮阪将嘉

新聞記者――庄司永建
男子職員1――内藤武敏
　　　2――松下達夫
　　　3――垂水悟郎
　　　4――鈴木瑞穂
宅間の兄――大町文夫
　　　日野道夫
合唱のリーダー――富田浩太郎
女子職員a――桜井良子
　　　b――津村悠子
　　　c――小田育栄
宅間の母――斎藤美和
警官――井出忠彦
監察医――日野道夫
　　　松下達夫
閲覧者――藤沢　穆
（その他）

（『久保栄全集』第四巻　三一書房
一九六二年五月刊より再録）

東京演劇アンサンブル　創立五〇周年記念公演
二〇〇四年二月三日〜八日
ブレヒトの芝居小屋
二月十一日〜十四日　俳優座劇場

■スタッフ
作……久保　栄
演出…広渡常敏
音楽…林　光
装置…岡島茂夫
舞踊…西田　堯
照明…大鷲良一
衣裳…加納豊美
効果…田村　悳
舞台監督…佐藤慎一郎
制作…小森明子

＊

歌唱指導……吉村安見子
効果オペレーター……大場　神（音映）
照明オペレーター……真壁知恵子
演出助手……志賀澤子　原口久美子
公家義徳　清水優華
桑原　睦
舞台監督助手……浅井純彦　入江龍太
山田勝紀
写真撮影……高岩　震

■キャスト
【一場】　敗戦の夏。ある日の午後から、あくる日の未明へかけて。
宝生中佐——佐々木章夫　特務班長
津久井技師——竹口範顕　調査研究班員
中尾敬吾——公家義徳　同、技手
田代義孝——松下重人　技手、気象台本台勤務
宅間良夫——白石那由他　男子技工士
堀川真佐子——久我あゆみ　女子技工士
予備学生1——加藤慶太
2——三瓶裕史
男子技工士1——山田勝紀
2——熊谷宏平

女子技工士3——漆戸英司
a——松井款奈
b——上條珠理
c——奈須弘子
d——折林　悠
e——桑原　睦
f——清水優華
電話交換手——洪　美玉

【二場】　敗戦の年の初秋。豆台風の過ぎたあくる朝

八十島台長——入江洋佑　理学博士
矢吹予報部長——伊藤　克　同
佐藤予報課長——渡辺晃三　同
津久井調査係長——竹口範顕　元海軍気象部技師
中尾敬吾——公家義徳　嘱託、調査係
田代義孝——松下重人　同、現業係
田代信子——名瀬遙子　その妻　雇員、予報課長附
堀川真佐子——久我あゆみ　雇員、調査係
宅間良夫——白石那由他　元海軍気象部、技工士
小日向——岩田安生　元陸軍気象部員、技術中佐
沢村——松本暁太郎　移動劇団員
新聞記者——大多和民樹
職員1——三木元太
職員2——中川直和

【三場】　敗戦から二年目の春。ある日の昼ごろ、寒冷前線の通るあとさき。

八十島前台長——入江洋佑　参議院立候補者
矢吹新台長——伊藤　克　前予報部長
佐藤予報課長——渡辺晃三　旧に同じ
小日向調査課長——岩田安生　技官、元陸軍技術中佐
中尾敬吾——公家義徳　同、調査係
田代義孝——松下重人　同、現業係
田代信子——名瀬遙子　雇員、宇宙線実験室助手
堀川真佐子——久我あゆみ　同、予報課長附き
宅間良夫——白石那由他　同、調査係
合唱のリーダー——亀井　攝
職員1——三木元太
2——中川直和

3――浅井純彦
4――佐藤慎一郎
女子職員a―樋口祐歌
b―町田聡子
c―三由寛子
d―ささき未知
e―富山小枝
f―風吹可奈
g―笠井美里
h―濱　恵美

【四場】　敗戦から五年目の秋。秋霖の合い間の或る午後から、また降る夜へかけて。

矢吹台長――伊藤　克　旧に同じ
佐藤予報研究室長―渡辺晃三　前予報課長
小日向予報課長―岩田安生　前調査係長
中尾敬吾――公家義徳　調査係長
田代義孝――松下重人　気象相談所主任
田代信子――名瀬遙子　管区気象台観測課員
堀川真佐子――久我あゆみ　予報課長附き

宅間良夫――白石那由他　退職者
宅間の兄――漆戸英司
職員1――三木元太
職員2――中川直和
職員3――浅井純彦

【五場】　前場から何日かあとの、晩秋らしく晴れた朝。

中尾敬吾――公家義徳　気象台技官
田代義孝――松下重人　気象台退職者
堀川真佐子――久我あゆみ　同
警官――中川直和
監察医――三木元太
その助手数人―加藤慶太
―熊谷宏平
―三瓶裕史

（上演パンフレットより）

『日本の気象』は、一九五三年六月、新潮社から刊行された単行本を底本とした。但し、現代仮名遣いにあらため、漢字も略体とした。

巻末に、久保栄「『日本の気象』についての対話――速記からの要約――」及び劇団民藝と東京演劇アンサンブルの上演記録を掲載した。

久保《くぼ》 栄《さかえ》（1900〜1958）

所属した劇団——築地小劇場　新築地劇団　左翼劇場　新協劇団　前進座　東京芸術劇場。並びに劇団民藝に参加。

主なる著書——戯曲『中国湖南省』『五稜郭血書』『火山灰地』『林檎園日記』『日本の気象』小説『のぼり窯』など。『久保栄全集』（三一書房）。

主なる演出——上記自作戯曲及び自訳ゲーテ『ファウスト』第１部，島崎藤村『夜明け前』など。

日本《にほん》の気象《きしょう》

二〇〇八年三月一五日　初版第一刷

著　者　久保《くぼ》 栄《さかえ》

発行所　株式会社　影書房

発行者　松本昌次

〒114-0015 東京都北区中里三—四—五

ヒルサイドハウス一〇一号

電　話　〇三（五九〇七）六七五五

ＦＡＸ　〇三（五九〇七）六七五六

E-mail：kageshobo@md.neweb.ne.jp

http://www.kageshobo.co.jp/

〒振替　〇〇一七〇—四—八五〇七八

本文印刷／製本＝スキルプリネット

装本印刷＝形成社

定価　二、〇〇〇円＋税

ISBN978-4-87714-383-1 C0074

久保　栄　久保栄演技論講義　¥2000

広渡常敏　ナイーヴな世界へ——ブレヒトの芝居小屋　稽古場の手帖　¥2500

広渡常敏戯曲集　ヒロシマの夜打つ太鼓　¥2000

広渡常敏　青春無頼　¥1800

尾崎宏次　蝶蘭の花が咲いたよ——演劇ジャーナリストの回想　¥2500

宮岸泰治　女優山本安英　¥3800

宮岸泰治　転向とドラマトゥルギー——一九三〇年代の劇作家たち　¥2200

宮岸泰治　ドラマと歴史の対話　¥2000

宮岸泰治　ドラマが見える時　¥1800

土方与志　なすの夜ばなし　¥2500

武井昭夫　演劇の弁証法——ドラマの思想と思想のドラマ　¥2800

〔価格は税別〕　影書房　2008.3現在